CEUX
de la poésie vécue

经历 **诗 歌** 的 人

【法】安德烈·维尔泰　著

【法】埃内斯特·皮尼翁-埃内斯特　绘

李月敏　译

上海文化出版社

诗人王国的通行证

　　什么是诗？这个问题在今天并不容易回答。因而我们不禁会怀念起莫里哀的时代，法语刚刚确立，莫里哀可以在他的戏剧中，轻易地区分开诗歌与日常。《贵人迷》里，汝尔丹先生从他的哲学教师那里领悟到的是"表现自己，除去用散文，还就是用诗"的两分法。汝尔丹确认后摒弃了"你眼睛里的火把我的心烧成了灰烬"这样的情诗，宁愿用"你的美丽的眼睛我爱得要死"这样的"散文"来向他中意的贵妇人表达心意。

　　但是，很快我们就不再能够满足于诗歌的形式定义了。在《写作的零度》中，罗兰·巴特清晰地表达了他对于诗歌的看法，他认为自兰波以来，散文与诗歌的对立不复存在，也就是说，诗歌并不体现在它的形式要素上，而是体现在词语的力量上。是诗歌让词语从此挣脱了话语的制约——它可以与日常话语的形式没有差别，却需要摆脱日常的信息负载——进入文学自治的领域。

　　诗歌不再像古老的史诗那样专注于叙事，从此它另有任务。因而诗人也不再是时代，或者语言的记录者，他们建立的是属于词语的王国，要通过词语去揭示被人类语言遮蔽的"真"。这大概就是兰波所谓"通灵者"的要义所在吧。他们不是"真"的持有者，而是"真"的可能的释放者。就像在如今流行的玄幻想象中，持有某种魔力的人，可以得到神的垂顾，进入抵达"真"的秘密通道。

　　但是为了换取神的垂顾，诗人可能要付出此世生命的代价。这就是这本《经历诗歌的人》告诉我们的。这本画传的起点要比兰波更早一些，从法国诗歌史上的"20世纪"的开端，从奈瓦尔和波德莱尔开始，然后再经历魏尔伦、兰波这条线下来，到超现实主义的艾吕雅、阿拉贡，但是它并没有罔顾19世纪末20世纪初"诗歌危机"时的其他出路——是一个出口？还是一个入口？——它也选择了马拉美，以及在马拉美离世之后，四分五裂的，并不秉持同样诗歌观念的诗人们。诗人画传的最后一位落在了巴勒斯坦诗人达尔维什的身上，他和起点的奈瓦尔使用的不是同一种语言，看到的，并且为之受到伤害的，也不是同一个世界，他要回答的只有一个问题：奥斯维辛之后，我们还能写诗吗？而且，他明确地说，能写。如果说在政治斗争中，我们为了某一种明确的观念，在与另一种观念做斗争，那么，在诗歌中，我们是与居于所有种族、所有国家、所有语言的人都存在的人性之恶做斗争。然而无论画传起点之时的奈瓦尔，还是终点之时的达尔维什，他们所付出的，都是也有可能获得的庸常但安稳的人生。

　　这恰恰是这部画传颇为耐人寻味的地方：似乎它想勾勒的这些诗人的人生已然构成了一个独立的王国，在这里，的确有我们平常人眼里的悲痛、灾难、疾病，却更有在接近"真"的一霎那的迷醉。诗人抵达通往"真"的入口各不相同：有的通过爱情，例如马雅可夫斯基，他说，"爱情之舟/被生活的激流击得粉碎"，或如阿波利奈尔面对米拉波桥发出的"夜色降临钟声悠悠/白昼离去而我逗留"的感叹；有的通过不顾一切的呐喊，例如此后被六八一代刷在墙上当标语的，兰波的"必须要绝对现代"；有的通过像波德莱尔一般的"恶之花"，告诉我们："如果说奸淫、毒药、匕首、火焰/尚未把它们可笑滑稽的图样/绣在我们可悲的命运之上，/唉！那是我们的灵魂不够大胆。"——入口各不相同，却都是倒在灵魂被击中后，顿悟的一瞬间。

要知道，我们平常人等是永远都不会等来这一瞬的，因为我们妥协。我们会迫不及待地逃离所谓被上帝选中的命运。我们不愿意交付出今生今世的安逸与舒适。而诗人王国的通行证是苦难，它把所有妥协的人都逐出国门。因此，"经历诗歌的人"与未经历诗歌的人是不一样的：奈瓦尔自缢于巴黎的旧路灯街；马雅可夫斯基饮弹而亡；兰波年纪轻轻告别诗歌，还未能重新被迎回，便已经客死他乡；聂鲁达历经荣耀、爱情与革命，却在荣耀的顶点死于非命……这是宿命？还是诅咒？

《经历诗歌的人》告诉我们，这并非宿命，亦非诅咒，而是 —— 经历。

经历，就好像翻译家、哲学家贝尔曼说的那样，是经-而-生。真正的经历必然要求全身心的交付。就像画传的两位作者在序言里所说的那样，"这些经历诗歌的人无一是象牙塔里的大师"。这也就是为什么，画传为我们呈现了十九张苦难、不失疯狂的脸，然而，在这十九张苦难的脸上，却无一例外的，都有一双清澈而理智的眼睛。战争中受伤，用白布包着头的阿波利奈尔有一双清澈的眼睛；天天都在逃跑，跑得气喘吁吁，深信"生活在别处"的兰波也有一双清澈的眼睛；相信雨果之后，我们已然迎来了"诗的危机"，埋首于晦涩与艰难里的马拉美也有一双清澈的眼睛。这都是经历过苦难，获得重生的眼睛。

至于我们，被逐出诗歌王国的我们，或许，就只能牢记桑德拉尔的训诫了：

当你坠入爱河，你应该离开

不要笑着落泪

不要沉湎于温香软玉

呼吸迈步离开，走吧

既然没有取得诗人王国的通行证，我们应该离开。但是在离开之前，或许，我们可以站在诗人王国的门口，从微微敞开的门缝里窥见诗人们 —— 哪怕只是因为好奇。万一诗人在倒下前的那一瞬，用这双清澈的眼睛望了你一眼呢？从此之后，也应该有点什么是不一样了的吧。

《经历诗歌的人》就是这样一条微微敞开的门缝。

诗人们惜字如金，我亦不能浪费词语，是以为序。

袁筱一

2020年6月

目录

诗歌拥有持久的生命力，尽管人们时常宣告：诗歌
已死。

对于激发了世界杀戮法则的人来说，诗歌是关于存在
的承诺。

当诗歌拒绝成为点缀，或浮于表面的矫饰，
留存下来的便是真实的经历与冒险的印迹。

它诉说真实，但给予真实更广阔的空间和异常的强度。

它融合有形与无形，联结隐秘的情感与共同的梦想。

它是生者的深情歌唱，
他们不愿放弃生活中的断裂、绝境、冲突，
也不愿放弃真实生活的魔力。

这么说或许有些傲慢，
但事实如此：诗人是天生的，后天而为几乎没有。

通常，合理的不公正需要付出昂贵的代价。

社会的布局，通过其法律、规范、习俗、审查、不可救药
的秋后算账、寻找最小共同点的准则，
只能做到压制、驱除，
或充其量，忽略、禁言、隔离。
乌云的王子们避开了那些短视的目光，
他们在未知的地带徘徊、探索，

酝酿着华丽的风暴。

当他们回到地面，便大胆抱怨起造物的法则：
上帝把事情搞砸了，
他们应该取代它，
乃至从零开始。

所以，我们不要误会：
这些经历诗歌的人无一是象牙塔里的大师。

他们不顾一切，不断地想要证明，
此时此刻，有可能履行承诺，
不放松警惕，不再因他们的欲望、空想和斗争
而感到羞耻。

奈瓦尔

[热拉尔·德]

梦是第二生命。我不能毫不颤抖地
穿过这些将我们与不可视的世界分割开来的
象牙门或兽角门……[1]

对奈瓦尔来说,第二生命是巨大的安慰,它张开遗忘的网,遮住了白天,也跨越了恐惧、梦魇和折磨。

奈瓦尔的第一生命始于1808年5月22日晚8点,在巴黎圣马丁街96号。

但离别很快就到来,他被寄养到保姆家里,父亲作为军医随拿破仑的大军出征,两年后,母亲在波兰离世,再也没有见过儿子一面。热拉尔·拉布吕尼的童年在蒙特枫丹的舅公家里度过,后来,他回到巴黎与父亲一起生活,在查理曼大帝中学走读,后来为发表文章和诗歌中断了学业。

十九岁时,他翻译了歌德的《浮士德》(*Faust*),是相当卓越的译本,尽管他那时还几乎不会说德语。

他的生命似乎已经染上了一丝急迫,仿佛他所在的宇宙过于狭窄,他挣扎着,在社会新闻和戏剧上挥霍自己的才华。

从1841年开始,精神病院、疗养院和医院成为他生活中的常态,直到1855年1月26日清晨,他把自己吊在了旧路灯街。

然而,正是在失控与狂热、迷失与动荡的年月里,他用热拉尔·德·奈瓦尔的名字写下的文字构成了他的大部分作品,比如开创性的叙事作品《火的女儿》(*Filles du feu*)、《奥蕾莉娅》(*d'Aurélia*)、《潘多拉》(*Pandora*),以及一些诗歌,那些从浪漫夜晚的绝望中剥离出来的未知星系。

通过《幻象集》(*Chimères*)的十二首十四行诗(共计一百六十八句十二音节诗行),他早在兰波的时代来临之前,就已经运用炼金术的手法,将所有神话元素、名字与地点,以及个人记忆中几乎是出自神谕的幻觉融合在一起,创造出了法语中最醉人的音乐瑰宝。

这些文字激发的磁场无法抗拒，应该需要或者肯定需要无尽的阅读，而它们是纯粹的魔法、复调的美、恒星的共鸣。因此，一种奇怪的搭档形成了，记忆成为困扰与喜悦交织的王国，那里有布满繁星的诗琴/闪烁着忧郁的黑色阳光，有第十三个符号的回归……还有纯粹的精神在石头的表面下生长！

我们也因此永远受到这位诗人的影响，他被宣布为疯子，因为他试图将生活变为半梦半醒的状态，丝毫没有疑虑其中的危险和损害。在他极度清醒的时刻，这些梦幻浮在空中，自以为是《启示录》里预言的一个先知。

1. 此处为余中先先生译文。 —— 译者注（本书注解如无特别说明均为译者注）

波德莱尔

[夏尔]

如果说奸淫、毒药、匕首、火焰，
尚未把它们可笑滑稽的图样
绣在我们可悲的命运之上，
唉! 那是我们的灵魂不够大胆。[2]

从《巴黎的忧郁》(*Le spleen de Paris*) 一开篇, 我们就可以透过字里行间看到夏尔·波德莱尔对自我的描述, 如同为自己画了一幅素描肖像画。

疑问接着疑问, 反驳连着反驳, 但那不过是一连串严厉的拒绝, 为人类的境遇开出的天窗:

谜一般的人, 你说说看, 你最爱谁呢? 你的父亲、母亲、姐妹还是兄弟?

我没有父母, 也没有兄弟姐妹……

我爱云……那过往的浮云……那边……那边……那奇幻的云朵!

事实上, 波德莱尔喜欢这些在天空中翻滚、折磨理智与灵魂的云与影。

自1821年在巴黎出生以来, 他就像一个局外人, 幼年丧父, 有一个身为将军的继父, 一个令人爱恨交加、仅仅将她的生活限制在充斥着世俗与虚荣的社会中的母亲。

从路易大帝高中毕业后, 他学习法律, 后来迷恋上让娜·迪瓦尔, 那个"黑维纳斯", 两人保持了长久的恋人关系。

成年以后, 他挥霍了父亲的一部分遗产, 直到家族会议决定中断对他的供给。

显然, 波德莱尔对现实的难以适应幻化为抵达另一世界的通道。

生活, 它的每一天都是不确定的吗?

夜晚, 这死亡的边缘来临!

上帝无聊得要死?

那么, 就给炼金术的恶魔[3], 给这欢愉和狂热命运的王子让路!

在波德莱尔身上，内心的厌恶结为果实，一种摇摆，一种狂暴，促使他变为人类深渊和洼地的守门人。

《恶之花》（*Les fleurs du mal*），那部正在孕育的诗集将要以此命名，在内心最深处盛开，诗人想要揭开所有羞耻的秘密，让伪君子、老实人和昏昏欲睡的人睁开双眼。

亵渎、辱骂、淫乱对于人类而言不仅是罪恶的氧气，它们还滋养了反抗，至少可以让我们把出生带来的不适推迟少许。

而且，这朵尚未盛开的恶之花一旦绽放，将会引燃熊熊火焰。

波德莱尔受到审查，并于1857年被判"有碍公共道德及风化"，他知道流放是必然的，于他而言，这甚至是有益的。

客居布鲁塞尔的生活很快就变得令人失望，在1866年突然瘫痪之前，他几乎厌烦了一年的时间，直到母亲将他带回巴黎。

以节制、秩序和美德的名义，他经历了持续不断的疏离，但毫无疑问，他诗歌创作的天才会永存，经久不变，不落窠臼，如同一个堕落的大天使留给世界的华丽而可怕的表达。

因为没有任何东西能与他那腐蚀的、反常的、有毒的和谐，以及从他不变的姿态中脱离出来的严肃之美相匹敌，在最黑暗致命的装点下欢庆那令人厌恶的、感官的、崇高的。

但是，我们不能抱怨不高明的玻璃工无法把窗外的景色粉饰成美丽生活！ 4

将会有一种愿望和呼吁，它们不会与希望或绝望达成任何交易，但会沉迷于这种尽管被强烈渴求却不可能达成的愿景：窗外和街上的美好生活，咖啡馆、剧院、酒店、卧室、出租车、火车以及陋室里的美好生活。

2. 此处为郭宏安先生译文。
3. "Satan trismegiste"，出自《恶之花》，波德莱尔使用这个词代指炼金术（炼金术与赫尔墨斯信仰同源）的恶魔。—— 编者注
4. 原文出自波德莱尔的《巴黎的忧郁》。—— 编者注

魏尔伦

[保尔]

王子与公主们，去吧，天选之人，
在我修筑路堤的道路上
获取胜利的果实。
而我，我看到了红色的生活。

1844年，梅斯—1896年，巴黎：在世上跌跌撞撞五十二年，一生中不乏放浪也不乏智慧，

亦不缺少欲望、诅咒、愤怒、屈辱、忏悔、痛苦、狂喜、直觉，魏尔伦是具有双重性的六翼天使，撒旦和最温柔的天使轮番上阵。

这就是保尔·魏尔伦，一个矛盾的个体，局促却又大方，一个本能的、自发的、令人畏惧的天才诗人，无需任何预设的理论，没有受过任何概念的折磨：身为集成者和抒情诗人，他这不洁者竟带有桀骜而纯粹的优雅。

我们都知道那些年他与兰波的纠葛，直到他在布鲁塞尔开枪走火，被关入蒙斯的监狱才终止。然而，在酗酒、放荡和近乎流浪的生活尽头，并没有出现幡然悔悟与浪子回头，但我们也知道在这期间绽放出了怎样神奇的词句，怎样的喜悦，怎样的忧郁，毫不费力地用法语的词汇创造出歌谣、旋律、秘密的浪漫曲，其回响蔓延、延绵不绝，汇聚成迹象，直到他将最漫长的黎明表现为《幽长的啜泣》（*Les sanglots longs*）、《小提琴》（*Des violons*）、《秋之歌》（*De l'automne*）……

因为在魏尔伦那里，迅速的认同足以唤醒集体记忆并宣告自由，即使不是兰波式的"自由的自由"，也至少是自由本身。

几个音节，几个字符，就足够他创造出不可言说的魔力。

他的诗歌，尤其是《感伤集》（*Poèmes saturniens*）、《无言的浪漫曲》（*Romances sans paroles*）或《今与昔》（*Jadis et naguère*），似乎出自直接的转换、炫目的技巧、突然的感知，就好像它是音乐 —— 况且，它也关乎音乐。

意义在筛选之后浮现，这意义源自精神的预感，与之相连的是世界最大幅的震动，以及最散乱、最晦暗不明的幻觉。

于他而言，真实唯有在梦幻中，梦幻唯有在恐惧、眩晕和溃散的边缘，却转化为甜美的、伪装的或慵懒的节奏，转化为温柔的暴力。

"对于他的罪而言，这算得上幸运的安排，"让·卡苏[5]不动声色地指出，"此后，他开始走下坡路，用神学家的话来说，是'堕落'，在当时的唯美主义者看来，是'颓废'"。

魏尔伦，这位非凡的人物、天才的诗人，若没有投入激情和好奇，便不会完全沉浸其中。

诚然，这种行为吸引了他，但更吸引他的，是行为背后的诱惑。

这种行为，在那些如"赫拉克勒斯般的夜晚"[6]后，由于欲念、骄矜和恼怒逐日增加，最终导致了狂怒。

但诱惑尤其令他心生欢喜，因为种种许诺，因为通奸和设法进行的伪造，因为它不可思议地导向深渊，因为它让人看到神秘和美。

5. 让·卡苏（Jean Cassou，1897—1986），法国作家、批评家、诗人。
6. 出自魏尔伦的诗歌《诗人与缪斯》（le Poète et la Muse）。 ——编者注

兰波

[阿蒂尔]

而我，我即将离开这座城市
去陌生人中间做交易。

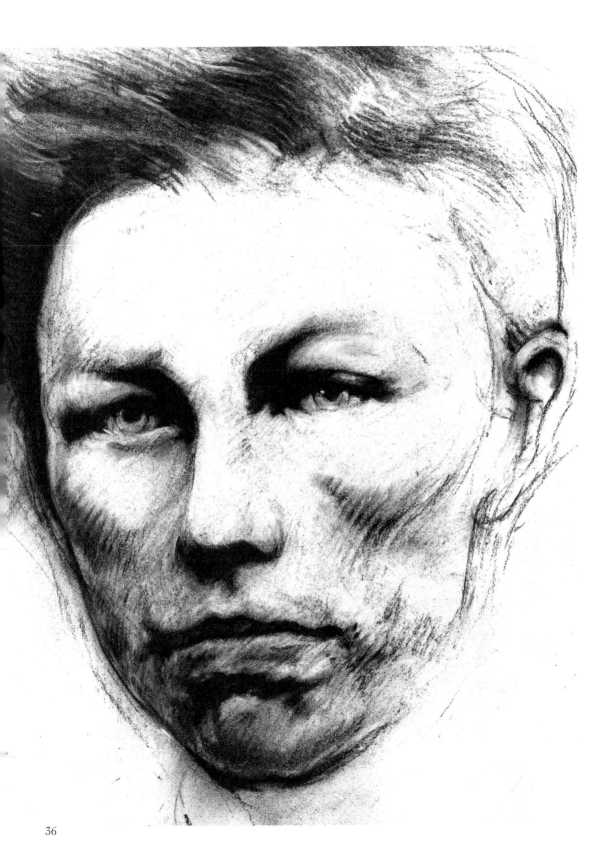

巴黎，圣米歇尔林荫大道，1978年

巴黎十五区，1978年

巴黎，圣米歇尔喷泉，1978年

巴黎，维钦托利路，1978年

巴黎十四区，1978年

让·尼古拉·阿蒂尔·兰波，1854年生于夏尔维尔，1891年死于马赛，他的一生是持续不断的"地狱一季"吗？

他难道不是带着一种预言家的先知先觉，早在1873年就写下这样的诗句：不幸曾是我的上帝。我躺在泥泞里。我在罪恶的空气里把自己晾干。我疯狂地恶作剧……

纵览他永不停歇的生命旅程，人们不再怀疑，于他而言，他的一生始终是无处不在的"逃离的时刻"。

就连深居简出的马拉美也注意到他这个"引人注目的行人"，而人们只要一提起他，就是他迈着大步，心中挂念的永远是速度，以及真实。

兰波是一个出色的学生，他获奖无数，创作的拉丁语诗歌也数次发表在《杜埃科学院公报》（*Bulletin officiel de l'académie de Douai*）上。

那时，他只有十五岁，还不知一切都将改变、加速、无法挽回。

1870年，战争爆发，学校关门了，他拥有了完全的自由，可以不断地乘火车或步行逃离。

这就是流浪与游荡的开始，后来再也没有停止。气恼的离开、破裂的承诺、危机重重的冒险，得不到满足的焦躁，它们仿若放飞的话语，通过一些闻所未闻的字句和诗歌得到了证明。它们既是全新的探索亦是太阳的呐喊，有毒的温柔或者全新的谩骂。

事实上，兰波只是路过。

在巴黎，他受到了魏尔伦、夏尔·克洛斯和泰奥多尔·德·班维尔的接待，他大大地激怒了一些人，又强烈地诱惑着另一些人。

莱昂·瓦拉德形容他是"一个不满十八岁的可怕的诗人",但他又立刻预言道:"只要命运没有对他迎头痛击,这将是一个冉冉升起的天才……"

随后是与魏尔伦在一起分分合合的三年,这三年就好像一部激情的滑梯,连接着他们在伦敦、比利时和阿登的短暂逗留,最后以在斯图加特暴风雨般的最后一面而告终。

这同样是创作力爆发的三年,可以说,这是结清账目一般的创作,因为兰波的天才后来再也没有重现。

因此,在他前去旅行、逃离,进行贸易和非法交易之前,得以印刷和发行的只有《地狱一季》(*Une saison en enfer*)(阿蒂尔曾捧在手里的唯一一本书)和《彩画集》(*Illuminations*)(1886年在浪潮出版社出版,魏尔伦为之写了一篇精彩的序言,但没有人告知兰波,他当时正在吉布提附近的塔朱拉,等待随同一个配备了2000支步枪的沙漠商队出发)。

因此,人们在这些电闪雷鸣般的作品中读到一种似乎是用闪电校准过的语言,一种自身产生断裂的语言,用它冷淡残忍的语调,将最黑暗的讽刺与无尽创伤的激浪混合在一起。

因为兰波不是一个令人舒适的疗愈的诗人,他是一个本真的、对存在进行嘲弄的诗人。

他的词汇辐射到身体的坩埚中:那里有骨头和神经,有鲜血,有强忍的眼泪,是一种神经质的微笑。

巴黎博马舍大街，1978年；
夏尔维尔−梅齐耶路快速路入口，1978年

此外，兰波并不在意是否被冠上"诗人"的头衔。

成为这样或成为那样，都是在否定自己内在的另一面。

这种对一切意外的欢迎，这种对未知的存在的认可，或许就是绝对现代的状态，不渴求现代性，也不渴求迎合潮流，而是一种走钢丝的能力，随时抓住那在照耀的、杀戮的、无以挽回的绝对。

荷尔德林曾许愿要以诗人的身份住在地球上，兰波则想要进一步确定地点和形式，以某种方式圈出诗歌的领地。

疯狂的愿望，不可能的体验，难以达成的目标？

毫无疑问。

但这个决定性的挑战即时宣告永恒，拒绝一切相对的生活、空虚的生活、在真实生活之外的生活。

巴黎，维钦托利路，1978年

阿波利奈尔

[纪尧姆]

我们完全清楚这是在自讨苦吃
但手拉手走在路上
爱情的希望令我们想起
茨冈女人的预言

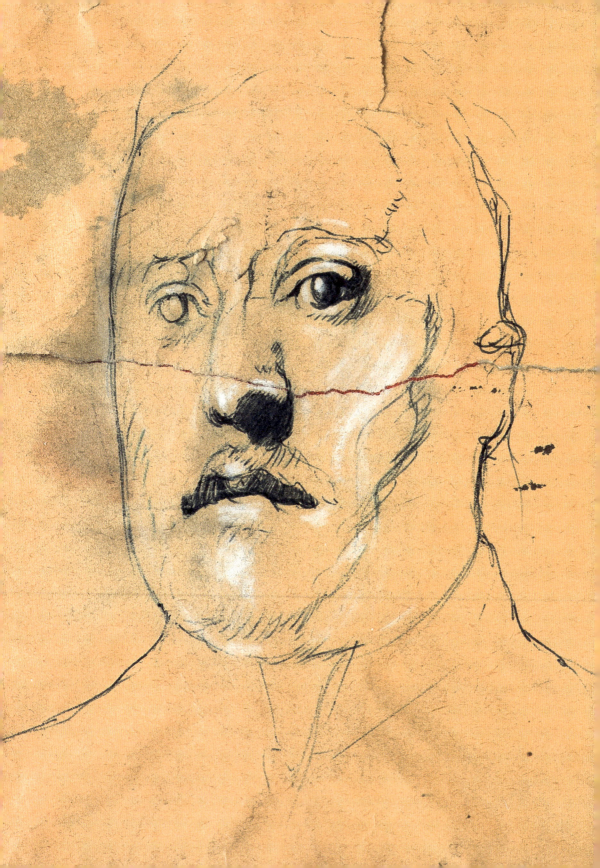

阿波利奈尔原名威廉·阿波利纳斯·德·科斯特罗维茨基，1880年8月26日生于罗马，母亲是波兰人，一名侨居贵族的女儿。

他的父亲名叫弗朗索瓦·弗卢吉·达斯佩蒙，曾是两西西里王国的一名军官。在彻底抛妻弃子之前，他如同什么都没发生般，只承认过纪尧姆的弟弟阿尔贝托。当时，这个小家庭在摩纳哥落脚，后来又搬到戛纳、尼斯，最后又回到摩纳哥，或许是因为，要想碰运气，最好住在赌场附近。纪尧姆学业优秀，阅读起来如饥似渴，生活的动荡似乎从未影响他对阅读的热爱，除了在1897年底，他没有通过中学毕业会考。但也是在同一年，他写下了最初的诗歌，并为自己取了第一个笔名：纪尧姆·马卡伯勒。

就这样，他在十七岁的年纪确定了一种生活品位：不严肃，没有束缚。后来，他相当突然地透露了其中的秘密：**我们不能到哪儿都背负着父亲的尸体。**

事实上，他如何能够做到，在如此多的打破禁忌的刺激中，为自己找到一种更有效的驱魔手段，将身为私生子的创伤转化为尽可能多的自我调整？

因为从此以后，是书籍和想象力陪伴着他，往往先于各种不测风云，各种迷失、意外、存在的打击；在他的生活中颠沛流离连接不断，并以稳定的节奏反复出现。

他时而在埃克斯勒班，时而在里昂，时而在巴黎。他在比利时斯帕附近的斯塔沃洛特逗留了四个月，因身无分文，故酒店的钱没付就偷偷溜走，然后又在1900年回到巴黎。所有这些漂泊不定的流浪，看似潇洒，但身无分文，脱离了现实的根基……

他偷偷出发，做过小职员，获得速记文凭，在莱茵兰给一个女孩当家庭教师，在邵塞昂坦一家银行短暂就业，这个年轻人在社会的汪洋中航行，在他看来，这个社会不过是一场幻觉的游戏。

但是他写了越来越多的诗歌和故事、文章和选集；但是他有满满的计划、渴望和欲望；但是他坠入爱河并遭到拒绝，饱受痛苦的折磨。

他在《白色杂志》（*La Revue blanche*）上发表作品，与《欧洲人》（*L'Européen*）合作，是《笔会》（*La Plume*）晚间聚会的常客，还创办了《伊索的盛宴》（*Le Festin d'Ésope*）。

他和阿尔弗雷德·雅里、安德烈·萨尔蒙、德兰、乌拉曼克、马克思·雅各布以及毕加索成为朋友。

阿波利奈尔好像有分身的本领，全方位展开探索，并用地震仪一般的敏锐感知震颤、颠簸、突变，以及他所谓"新精神"的异军突起。

作为诗人，他想要成为"魅惑者"。

作为剧作家，他不遵守任何规则。

作为艺术批评家，他自认为拥有预言甚至先知的能力。

作为专栏作家，他并没有掉进生活"趣闻"的陷阱。

作为理论家，他并没有让自己受太多理论的困扰，坚持他发明的词汇，就像"超现实主义者"一样。这些词汇会产生磁性，作用于未来。

他热衷于技术和艺术的现代性，也是先锋派的发烧友，他要求创作者享有完全的自由。

在任何情况下，他都表明自己配得上他为自己选择的座右铭：要令人惊叹！

阿波利奈尔不仅仅是一位孜孜以求的探险家，也是一个探测源泉的人。

源泉在四处勃发，不受束缚地，在桥上，在路边，在教堂，在酒馆，在火车站，在记忆的空洞，在壕沟或在陌生人的眼中。

他的作品收集并拆解、欢迎并散布狂热带来的炽热碎片，这狂热充满了爱的激情、情欲的骚动，充满了轻率、预感和富有远见的热望，旧世界已经是破旧的装饰。

因此，当1914年战争爆发时，他没有丝毫的抱怨；他甚至想参与其中，虽然他本可以离开。

他，一个四海为家的人，打算走向前线，去战斗，来获取法国国籍。

1916年3月17日，他的右侧太阳穴被弹片打伤。

两个月后，他在奥赛码头的意大利医院做了手术，然后重新在文学界现身，头上还缠着引人瞩目的绷带。

出版、戏剧演出、会议，一切都以同样的节奏重新开始，此外还有在1918年5月2日突然决定的婚姻。

她名叫雅克琳娜·科尔珀，此后，他在火热的理智时期，创作了组诗《美丽的棕发女郎》(*temps de la Raison ardente*)，为她戴上烟火的冠冕：她的秀发金光闪闪/一道美丽持久的闪电。

然而，他时日不多了：半个春天，一个夏天，短短几个秋日。

阿波利奈尔感染了西班牙流感，于11月9日，即停战的前两天离世。此时，在巴黎的街头，甚至在圣日耳曼大道他的窗户下，游行的人群咒骂着德国皇帝，喊着"威廉（纪尧姆）[7] 去死"。

这是多么凄惨的回响，尤其是我们知道他时日无多。《烧酒集》(*d'Alcools*)和《图画诗集》(*Calligrammes*)的作者的未来刚刚展开，还庄严地散发着光芒。

此外，他不是曾经不无自豪和骄傲地宣告：我是唯一在无限中思考的人？

7. 德国皇帝威廉二世，在法语中为"Guillaume"，与纪尧姆（Guillaume）相同。

桑德拉尔

[布莱斯]

当你坠入爱河, 你应该离开
不要笑着落泪
不要沉湎于温香软玉
呼吸迈步离开, 走吧

58

1926年，布莱斯·桑德拉尔发表了《危险生活颂歌》（*Éloge de la vie dangereuse*），这个书名的选择并非偶然，它就像一记警告和挑战、一面张开的旗帜，在某种程度上宣告了他与巴黎先锋派，尤其是与超现实主义团体分道扬镳。

在三十九岁的年纪，他已经历过如此多的危险、如此多的旅行、如此多被焦躁消磨掉的计划，但他再无法维持那些无涉风险或暴力的练习，摆出与世界保持距离的姿态。

他想要决定一切，为自己创造一个身份、一种血统、一种命运，乃至一个传奇。

他于1887年9月1日生于瑞士拉绍德封和平路27号，本名弗雷德里克·索瑟尔，最初几部作品也是如此署名。

但是，自从他给自己取了另外一个名字，并从中得到彻底的解放，他也给自己编造了一个出生地：巴黎圣雅克路216号，在《玫瑰传奇》（*Roman de la Rose*）[8] 里有过记载的一栋房子里，当时挂着"外国人酒店"的招牌。

然而，布莱斯·桑德拉尔并没有因此而耽于幻想、玩笑或常见的故弄玄虚；他在各地的漫游激烈、狂热，通常不可预测，部分等同于不知疲倦的对抗和对所有领域的狂热征服，无论这些领域是真实存在的，还是被转移到了一个更加尖锐、突出和意味深长的现实上。

他曾是圣彼得堡钟表师的学徒，是在伯尔尼学习医学、哲学、文学和音乐的全能大学生，是布鲁塞尔钱币剧院的演员。他绕道巴黎拉丁区，又回到圣彼得堡，在芬兰海峡度过了一个夏天，然后乘船前往纽约，在那里写下《纽约的复活节》（*Les Pâques*），他诗歌的奠基之作。似乎只有在船上和在驶向远方的火车上，他才成为他自己。

8. 中世纪欧洲重要的世俗诗歌作品，作为浪漫爱情的经典阐释被广为流传。——编者注

《西伯利亚大铁路和法国小热阿娜的散文1913》（*Prose du Transsibérien*），一部波澜壮阔的史诗般的即兴作品，无疑是一场虚构的旅行，但他不可避免地将零星的自传印迹和没有实现的欲望糅合进如此热切期盼的壮举中。诗人知道，从此以后，他必须不断去证明自己配得上它们。

因为毫不夸张地说，这些书页存在某种不可抵挡的输送力，将席卷一切，以至于当一位朋友不停地询问桑德拉尔这辆从莫斯科开往海参崴的列车是否舒适时，桑德拉尔回答说："这对你有什么意义呢，既然我已经带你们所有人都乘过了。"

事实上，从纪尧姆·阿波利奈尔到约翰·多斯·帕索斯，以及赖内·马利亚·里尔克，所有人都踏上了这趟穿越西伯利亚的列车，诗句的节奏仿佛在铁轨上行走的车轮，咔嚓，咔嚓，一段接着一段，一个警报接着一个警报，预示着迫在眉睫的撕裂、血腥的屠杀、可怕的革命。

而他并没有止步于为自己编造的公民身份，他还是他的行为和唐突、他的幻觉和直觉的儿子。

他坚持冒险，想要从一个意外走向另一个意外、从狂热走向惊愕或狂喜，他只愿体验时间的密度，就仿佛他编织时间，只为体验危险或启示的瞬间。

作家、记者、编剧，他没有过多地停留，而是用最接近他发现和体验的一切来创作。

他从全世界走到世界的中心，但他通过语言和歌谣捕捉、感知并唤起的一切，却是来自世界之外，也就是说，来自未知。

在可辨识的旅途中，在刻着纬度和经度的路标上，又加入了没有中途停靠也没有期限的边界，加入了垂直的漂流。

因为桑德拉尔总是陷入共同的孤独，不断地决裂，闪耀着走向极端。

他说自己"被雷电击中"，以示他受到了暴风雨和火的洗礼，从灰烬中获得了自由。

1915年香槟省大进攻时，在纳瓦兰农场前，战争夺走了他的一只胳膊，他看到这只胳膊在猎户座的群星中闪耀，就仿佛天空接纳了他的伤，令他的献祭几近成为普天的庆典。

而他的诗歌，出现在各种诗集、故事、小说、电影、专栏里，提醒人们其主要功用是颠覆天命的秩序。

它想要成为解救者和保护者：解救在诗人们中间风行的"精神误会"和"心灵混沌"，保护它从言语和爱中喷薄而出的一切，在那里，冲动、思想、感受、祈祷和话语最终相互应和，却并不指望获得片刻的平静。

马雅可夫斯基

[弗拉基米尔]

与人花天酒地
子夜时分，我用抒情的小硬币
结清了十五卢布。

阿维尼翁，节日期间，摄于1972年。

在他身上，一切都是过度的：身材、性情、轻蔑、愤怒、欲望、情感、承诺，以及洪流般的阅读。

弗拉基米尔·弗拉基米洛维奇·马雅可夫斯基于1893年7月19日出生于格鲁吉亚的巴格达蒂村，父亲是林务官，是哥萨克人遥远的后裔。从父亲身上，他继承了宽厚的肩膀、充沛的精力和易怒的性情。

如此高大的身材，也没能阻止父亲在49岁那年因为被虫蜇了一下就患上败血症，继而离世。

弗拉基米尔，大家都叫他瓦洛迪亚，当时只有十二岁，但他很快就担起一家之主的职责，带着母亲和两个姐姐迁往莫斯科。

搬家的决定看似突然，却具有决定性的意义：城市的现代化、忙碌和电气化让这个年轻的外省小伙子大为着迷，但他并不打算改变自己以适应城市生活，无论是修饰自己的外表，还是让自己的举止更文雅。

而且，不知是有意还是无意，也不知是否出于策略性的考虑，他迅速为自己树立起一个灵感勃发的粗汉形象，仿佛一个修枝剪叶的伐木工，大踏步地迈过各种礼俗和文学的灌木丛。

无论是在中学，在路上，在咖啡馆，还是在沙龙里，这个将近两米的巨人都不容人忽视，他边走边写，用脚步拍打着诗的韵律。

人们是讨厌他还是崇拜他，他都不在意，他毫不含糊地将自己描述为"一个傲慢的愤世嫉俗者，一个赶大车的，一个牛皮大王，他最大的喜悦就是胡乱裹着黄色的工装夹克，在需要的时候将自己丢进那些用严格的长礼服、燕尾服和西服外套庄重地捍卫其矜持的人"。

显然，警察很早就盯上了他，虽然他在十八岁的时候就加入了俄国社会民主工党的布尔什维克派。

作为党的宣传员，他被沙皇政权判入狱十一个月，这次经历令他改变了创作的方向。虽然他的作品依然辛辣尖锐，但转向了更为躁动的艺术领域。

在这个领域，他表现出了不懈、创新、本能和不可思议的警觉。

如同探测大地声响并发出警告信号的地震仪，马雅可夫斯基预感到了即将撼动俄国上下的震动，可以说，他感受到了它的呼吸、呐喊他想要迫不及待地说出来。

作为一个激进的未来主义者，他丝毫不输马里内蒂，他的挥霍、他的直觉和他引起的愤慨，大大超越了那位未来主义运动的理论家。

使他着迷的并非未来，他想要的是"未来在今天到来"！

在1913年12月至1914年3月的为期三个半月的巡游中，他来回奔波，多番挑衅，脸上画着神秘的符号，扣眼里别着樱桃萝卜。

在基辅，他当着行政长官、警察局长的面进行诗歌朗诵和演讲，剧场里有八名专员、十六名助理专员、二十五名警探、六十名特务，剧场外面还有五十名骑警。

马雅可夫斯基欣喜若狂："还有哪些诗人能像我们这样引起这么大的骚乱呢？……每读一首诗就有十个警察，这就是诗歌！"

在沙皇政权垮台的前夜，他的朋友维克多·奇克洛夫斯基在他频繁的外出和宣言中看到了破坏稳定的因素，他确信，"还没有艺术表达权利的那条道路，在那时找到了属于自己的词汇和形式"。

他补充说："一种全新的美正在形成，一种全新的戏剧将公开上演。"

但对于马雅可夫斯基来说，自从1915年在彼得格勒7月的那一天、他生命中"最快乐的一天"⁹起，一切都在同一

阿维尼翁，节日期间，（摄于）1972年。

个舞台上难解难分：他的私人情感，他从不间断的诗歌创作，以及政治手腕。

与莉莉·布里克的相遇令他疯狂且永久地坠入爱河，这次相遇无可挽回地为他作为男人、诗人和革命者的命运打上了封印。

他用十五年的时间创作了一部庞大的、比例失衡的巨著，其韵律有如铁路一般，充满了断言、确定、社会预言，同时保留了伤痕、心血来潮和沮丧的阴影。

至于法则、价值、习俗、见解、反思、行动与反应，时代已将之统统摧毁。

莉莉毫无保留地仰慕诗人，与他拥有共同的革命信念，但她又是诱人的、自由的，她并没有因为他而放弃爱情的冒险。

他们的爱情是循环往复的分手、疏远、激情、和好如初，还往往伴随着各种不测风云、中伤和来自外面世界的阴影。

马雅可夫斯基越来越频繁地陷入"极度的沮丧"，正如莉莉·布里克指出的那样，人们不知道是否是她导致了这一切，还是新政权的官僚体系表现出的明显敌意对他影响至此。

不可否认的是，他迷失了自己，他继续颂扬着一个他预见到即将大开杀戒的体制，向那些走马灯似的女友求婚，同时不忘将他的所有作品一部一部地献给莉莉。

他爱得太深，他过于革命又过于天才，他发现自己可悲地偏离了现实以及他的所有愿望，再也无法挽回。

然而，当他于1930年4月14日用左轮手枪自杀时，他留下了一则简短的消息，恰恰与他的长河诗歌形成对比，因此，永远是神秘的。

9. 马雅可夫斯基在自传里是这样描述自己和莉莉相识的：1915 年 7 月，在彼得格勒布里克家，马雅可夫斯基和莉莉从此开始了他们的爱情故事。

人们说:

　　"一切都结束了。"

爱情之舟

　　被生活的激流击得粉碎。

艾吕雅

[保尔]

从一个人的地平线
走向所有人的地平线。

74

欧仁·埃米尔·保尔·格兰代尔,1895年12月14日出生于圣德尼,1913年自费出版了第一部作品。

第二年,他改用外祖母的姓,从此成为保尔·艾吕雅,他的诗歌也几乎立刻打上了个人的印记。

尤其是,已经有了鲜明的调性,一种天才的韵律感,营造了神秘的色彩、纤巧的欲望、汇集的惊愕:白日梦者的低语。

毫无疑问,经历了数十载的各种恐怖、骚乱和剧变,这个白日梦者是唯一适宜、唯一能够迎接所有挑战,同时不损害自己的生命线和事业线的人。

第一次世界大战过后,他刚刚退伍,刚刚按照公文的要求,"回归市民生活",就开始对空洞的公文大加挞伐,因为它们阴险地策划了那场屠杀。

他预感到一场动员即将到来,它将调动另一些武器,发起另一些进攻、另一些非法入侵。

在一次前所未有的集体大屠杀结束时,所有领土,所有社会领域,连同所有隐蔽、压抑、被暴露的私人领域,都将被重新征服、重新安排、重新部署。

而艾吕雅,因着他特有的可塑性,不遗余力或毫无保留地参与了达达运动越发突然,同时保留了他自己的独特性:一种节奏,一种不夸张的词汇的音乐,它不会为了向现实开炮而说假话。

他加入了布勒东、阿拉贡、苏波的行列,后来又领导了所有超现实主义的论战,以最大的诚意参与其中。

在他看来,"改变生活"和"改造世界"并不是运动宣言中喊得响亮的口号,而是具体的激励措施,激励人们摆脱旧的束缚,无论是生产方式和财富分配方式,还是习俗和精神状态。

但要在所有领域都进行变革，同时又要成为超现实主义的保证人之一，并且是最严厉的那一个，增加矛盾和混乱的那一个，其关键并不在于理论，而是要把所有东西——政治行动、艺术创新、恋情甚至性，都纳入创新的实践。艾吕雅狂热地投入其中。

他的诗集一部接着一部出版，这源自一种内在的驱动，连最残酷的折磨都不能对它有丝毫的阻止或损减。

一条不间断的红线、一股优雅的炙热的细流，串连起了韵文、散文、警句、即兴访谈。

没有遗漏一丝内心的忧伤、肉欲的快感、历史的无耻，但他也丝毫没有为适应而改变自己的写作。

他捕捉着、感知着，并传达着。

他的罗盘始终将爱置于磁极，而自由、忠诚、拒绝压迫和贬低，以及行动的意愿是他的基点。

在爱情里，他对钟爱的女人喃喃私语，但并没有忘却过往的爱情。

加拉 [10]，纳什，然后是多米尼克，都是他狂热、迷人、悲惨和闪亮的爱情经历的女主角，没有丝毫伪善的阴影。

这些情感，作者在《痛苦之都》（*Capitale de la dou lear*）里没有做任何掩饰。

他的放纵，他也没有加以抑制。

在另一个层面上，他从未掩饰他作为自由人的态度。

如果说他在1939年脱离了超现实主义的冒险，那是因为法西斯主义的崛起要求切切实实、不择手段地采取激进、危险的行动，容不得任何含糊其辞。

10. 超现实主义代表画家达利的妻子。——编者注

面对纳粹的野蛮行径，诗人不再躲闪。

如果诗歌可以成为武器，那么现在是时候派上用场了。

艾吕雅感知到了，他很清楚在论战中有什么样的陷阱伺机而待，时刻准备歪曲那些说出口的话语。以报复或爱国的名义。

在占领期间，他冒着风险发表了《诗与真》(*Poésie et vérité*)。作为抵抗者和创造者，他面向所有人，唤起了自维庸到魏尔伦困扰着通俗语言的喧嚣，并贡献了一首完全代表他自己的歌谣。

《自由》(*Liberté*)，诗集的同名诗歌，得到了广泛回响，但也迫使他转入地下。

这二十一首四行诗，有着迷人的叠句、奇数诗句还有韵脚。那句反复说出的话在无意中被转换成了反叛的力量，就好像对每个读者或听众来说，怒火在反复演练，直到变为三个音节的自由的呐喊。

坦白而言，这种精准且高效、直率且简洁大获成功，只因为它的透明无需转弯抹角。

在"诗歌也要打游击"的年代，无论是人类的经验还是非人的经验，都不应被忘记。

从此，艾吕雅的思想不再缥缈，不再有丝毫的疑问：他成为了一个坚定的共产主义者。

如果他有情绪，他也不再表露出来，但他的写作又重新找回了哀伤的调子，日渐淡薄与感伤的抒情。

爱、前进、赢得空间和时间，他所有的诗歌再次表现出生机勃勃的广阔前景，就好像愉悦总是在眼前。

在眼前,时刻准备着脱去夜的外衣……

保尔·艾吕雅于1952年11月18日早上9点离开了这个世界。如今重读他的作品,人们甚至不再感到惊讶,因为有那么多惊人的诗节,似乎坠落自另一片天空,另一个当下,另一个未来,它们的力量能将雷电化为一种深情。

在那里,似乎永远都有炸药的效果。

在那里,黑暗也被照亮。

即使面临绝境,齿间依然保留一朵玫瑰。

女人,以及其他所有的女人,都诗意地生活在这个世界上。

词语构成了镜子的两面。

一切都是开诚布公的,那是一道会下雪、开花或聚合阳光的伤口。

阿尔托

[安托南]

因为人类不想屈服于生活的苦痛，
不想陷入构成现实之力量的天然掣肘，
好从中拽出一具身体，
让它免受任何风暴的伤害。

塞纳河畔艾弗里，夏尔福瓦医院，1997年

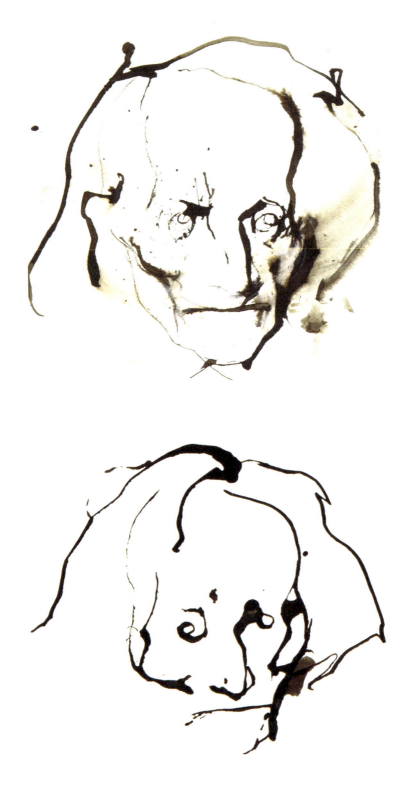

他是社会的巨大霹雳，用断断续续的叫喊和无情的亵渎进行预言。在文学之外，安托南·阿尔托会是一个不知饱足的、狂热野蛮的创造者，使用一种所谓"诗意的"话语，但条件是把他放在传统的诗歌领域之外。

"在别人拿出作品的地方，我更愿意展现我的精神。"他在《灵薄狱之脐》（*L'Ombilic des limbes*）里如是宣称。

而这其中的利害，可以说是无法修正的，它将从根本上指引他的写作和人生。这两者试图彼此结合、连接、融合，乃至煽动一场没有可能缓和的冲突，一场没有休战或休息的战争。

因为这样的短兵相接会导致献身，会直指化身的神秘，会创造出一种激情，并因此而"终结上帝的审判"。

阿尔托是圣言的受难者。

一位倔强的受难者，孜孜以求进入当下的地狱。

一位不向厄运低头的受难者，那受到控制的、肮脏的、当下的厄运。

他于1896年9月4日在马赛出生，1948年3月4日在塞纳河畔艾弗里去世，但他短暂的生命轨迹远远超出了时间的界限。

他属于另一个时代，有另一种命运，他身上的所有头衔——诗人、演员、导演、画家、超现实主义研究中心主任、阿尔弗雷德·雅里剧院创办人、演说家、拜访塔拉胡玛拉的旅行者，都只是一个致力于世界戏剧的个体的标识，而另一个他，那个想要烦扰其他事物、问题多得冒泡的人，许久以来都在追寻一个暗中的秘密、一条骇人的通道，依照恐怖的群居法则，这只会导致疯狂。

1937年，阿尔托刚刚匿名出版了《存在的新启示》（*Les Nou- velles Révélations de l'être*），就遭到逮捕，被指定关在索特维尔莱鲁昂的精神病院，后来又被转到罗德兹。

总之，十年的隐居和电疗，十年里写下的书信，就像被丢进虚无或永恒的瓶子。

"我想要写一本使人们感到焦虑不安的书，"他在刚开始写作的时候向雅克·里维埃透露，"就像一扇敞开的门，把人们带到他们永远不会同意前往的地方。一扇通往现实的门。"

或许他预见到，这项计划的意义更多是存在方面的，而非出版方面的。它将被证明为一场灾难，而他将成为被生吞活剥的猎物，饱受意识和灵魂的折磨，受尽皮肤和骨头的蹂躏。

安托南·阿尔托不知经受了什么致命的梦魇，他在痛苦中实现了转变，超越了痛苦、残酷和忧虑，奉献了自我。

荒诞的奉献，无论是从肉体上，还是从形而上的角度。

奉献，超越了意义、感觉和性。

这种奉献在他看来，等同于唯一合法的"诗歌"，他将之定义为"一种松散的无政府主义的力量，通过类比、联想、图像，体验已知关系的动荡"。

而阿尔托，在他的肉体、神经、呼吸和新词里，只感受过已知关系的动荡。

塞纳河畔艾弗里，夏尔福瓦医院，1997年

塞纳河畔艾弗里，夏尔福瓦医院，1997年

阿拉贡

[路易]

学习生活的时间，已经太晚。

他是逃避遗传法则和令人窒息的社会决定论的绝佳证明。

他是私生子。父亲曾是警察局长，后来又成为下阿尔卑斯省议员。他在1897年10月3日来到人间，就像一个令人扫兴的人。

他没有姓氏。

父亲路易·安德里约设法成为他的法定监护人，并为他编造了西班牙一座城堡的名字作为姓氏。

他的外祖母被当作他的生母，而他的母亲则成为他的姐姐。

身世的迷离似乎并没有对他产生影响，至少从表面看来，即使他在晚年提出的"真实说谎"理论不能与他童年的阴影完全脱离关系。

但是，不论他摇篮上的仙女是什么样的，是故弄玄虚、沉默还是话痨，这个男孩表现出了惊人的早熟，从五岁开始，他就展现出高超的表达能力和想象力，这一切只能属于天才。

事实上，他拥有所有天赋、所有才华、所有诱惑力，以及浑然天成的最精妙、最动人、最具魅力的语言艺术。

他声称自己从未学过写作，但一下笔就仿佛承继了许多世纪以来的诗人、小说家、剧作家、散文家、专栏作家，这是最"自然"的馈赠。

因此，他创作的不是一个诗人、一个小说家、一个散文家的作品，而是几个诗人、几个小说家、几个散文家的作品依次或交互的呈现。

他不可思议的文思泉涌——这种写作的流畅令所有见识过的人大为着迷——裹挟着他，令他陶醉其中，并毫无节制和保留地投身于几乎所有的世纪文学冒险中。

第一次世界大战结束后，他成为达达主义的一员，后来又成为最有创造力、最粗暴、最出人意料也是最纨绔的超现实主义者。他成百条地收集领带，用几天的时间写了一份颇具自得和挑衅的型格公约。

然而，他也是带着同样的活力，用布尔什维克革命取代了超现实主义革命，他应征入伍，并在服从命令时受到刁难，强迫自己赞美社会现实主义的信条，这一切与他的骄傲、他优美的措辞和风度多么格格不入。

然而，在第二次世界大战期间，他灵感勃发、高效的措辞在抵抗运动中突然大受欢迎。他强有力的论战，在技巧上再现了法语的抒情传统，这一传统在他的笔下愈发获得了新生，变得崇高，印刻在所有人的记忆里。

他长久以来坚定地支持斯大林主义，但后来的种种给他留下了不可磨灭的记忆，令他震惊到无以复加。

作为洛特雷阿蒙忠诚的读者，他知道，如此骇人的"智力的血渍"是无法洗涤干净，也无法记入健忘的损益簿的。

他一度想要成为共产主义光辉前景的代言人，甚至是代言诗人……

但留存下来的，晦暗又荆棘遍布的，是这个世纪无限受伤的歌谣，而它本可以颂扬并馈赠给它最昂贵的参演者。

无论如何，也是最有天赋的参演者。

在阿拉贡的作品里，在他庞大的、地狱般的、充满柔情的回声房里，迷乱脆弱的声响相互交织与拉扯，争相撕扯着铿锵的节奏与夺人的韵律，声响裹挟着他，即便不是走向博爱，至少也是靠近固执的笃信者、遭受灭顶之灾的人、绝对梦想家的悔恨中。

而对于这些人，他在二十岁的时候就发出了召唤："让无限进来！"却不知有谁差点儿留在门槛上。

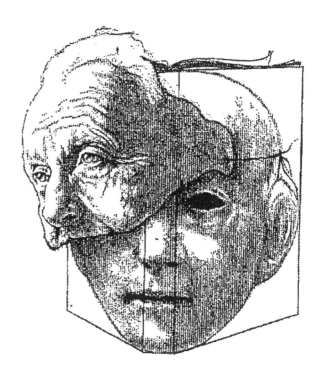

加西亚·洛尔迦

[费德里科]

这是我们的时刻。我们要保持年轻, 战无不胜。

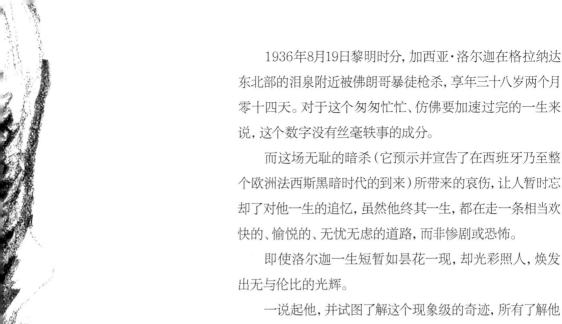

1936年8月19日黎明时分，加西亚·洛尔迦在格拉纳达东北部的泪泉附近被佛朗哥暴徒枪杀，享年三十八岁两个月零十四天。对于这个匆匆忙忙、仿佛要加速过完的一生来说，这个数字没有丝毫轶事的成分。

而这场无耻的暗杀（它预示并宣告了在西班牙乃至整个欧洲法西斯黑暗时代的到来）所带来的哀伤，让人暂时忘却了对他一生的追忆，虽然他终其一生，都在走一条相当欢快的、愉悦的、无忧无虑的道路，而非惨剧或恐怖。

即使洛尔迦一生短暂如昙花一现，却光彩照人，焕发出无与伦比的光辉。

一说起他，并试图了解这个现象级的奇迹，所有了解他并喜爱他的人都会说，他魅力十足，从不追求权力或功勋，而这种魅力近乎一种恩典。

洛尔迦出生在丰特瓦克罗斯村，家里经济宽裕，充满文化氛围，且崇尚自由主义。他自小不合群、脆弱、感伤，令人难以捉摸。

他的童年在乡间度过，可以总结为四个词：牧羊人、乡村、天空、清净。

虽说他总是独自一人，但他观察来来往往的人们，刻画他们的行为和动作，一一模仿，然后在自己的小木偶剧场上演。

小学毕业后，他成为一名自修的学生，通过了中学毕业会考，然后进入大学学习法律。但他并不相信法律，只迷恋钢琴和它流淌出的旋律。

在二十岁的年纪，他游历了整个安达卢西亚，并对他的"艺术漫游"做了记录。这些文字很快被出版，变成了他的第一部作品《印象与风景》（*Impressions et paysages*）。

1917年,时值大战,父母禁止他去巴黎学习作曲,所以他转向了文学,结果一发不可收拾:他有了三头六臂,从一个项目跳到另一个项目,分叉,从不徘徊,高高兴兴地接受他的失败或成功,熠熠生辉,惹人喜爱,带着魔法师般的随意进行创新。

才华横溢的诗人、矢志不渝的剧作家、巡回演出的导演、敏锐的演说家、闪光的钢琴家、潇洒的画家、惹人喜爱的同伴,他无所不能,是慷慨大方的化身。

慷慨在他身上从不是施舍,而是凡事不遗余力。

他的朋友豪尔赫·纪廉称他为"非凡的造物",并解释说这并不是一种夸张:"造物这个词,在这里的意义超出了人,因为费德里科带我们触及了创造,触及了孕育肥沃力量的底部,他首先是一个源泉,新鲜迸涌的源泉,在宇宙中拥有透明纯净的来源。"

纪廉说得没错,加西亚·洛尔迦就像是继承了那些"深厚的力量":他的诗歌不是出自源泉,它就是源泉本身,如水银般纯净,神秘无限,日夜都令人目眩。

当他和曼努埃尔·德·法雅一起,与其说是学习不如说是捕捉到"深歌"[11]的原理,他甚至无需从中吸取灵感,因为他的身体和灵魂都为"深歌"的节奏所幻化。

1928年夏,《吉卜赛谣曲集》(*Premier romancero gitan*)在几个星期的时间里让他获得了肯定,赢得了声誉,这部作品忠实地再现了安达卢西亚人的"深歌"艺术,以及他自己的声音里的真相。

他从未放弃这种内在的联系,从未违背对他所属的过去、群体和城市的誓言。

因此他让默默无闻、迷宫般的、巴洛克的贡戈拉重新焕发了生机,他重视创作谣曲;因此他成为了格拉纳达的象征,他的格拉纳达……

11. 将诗同西班牙民间歌谣创造性地结合,创造出一种全新的诗体。——编者注

然而，他也将拥有在远离故土的地方成为先知的天赋。

1929年6月，为了摆脱情绪的低迷，他乘船抵达纽约。被情人抛弃几乎让他濒临自杀的边缘。他猛然发现自己正处于现实的考验之中，而在此之前，他对现实一无所知。

新世界依然处于大萧条的控制下，但它造成的冲击依然是一种罕见的暴力。洛尔迦并没有努力去缓和这种冲击，相反，他接受了这种彻底移植的体验，将他的个人标识、他的举止，乃至他的诗歌的细腻措辞都一概摈弃。

事实上，他没有做丝毫的掩饰，只是转达了大都市向他转达的一切，狂热地抄写他看到的以及他所感受到的。

卸下一切的加西亚·洛尔迦在纽约成为诗人。

他改变了节奏和音色，扩大自己的乐谱，激动着、撕裂着、渗透着、重组着，贴近机器的呼吸摩天大楼的巨大气息和淹没大街的人群的困惑。

我不是一个人，不是诗人，也不是一片叶子，他宣称，我是受伤的脉搏，从另一侧探测事物。

镜头闪过，他草草地走过了现代的地狱，病态的文明只展示诱惑和创伤，除了充满了痛苦和许诺的喧嚣，那是从哈莱姆传来的爵士乐。

在哥伦比亚大学长期逗留期间，费德里科调动了他全部的能量和生命力，通过写作来克服不断侵袭他的痛苦。

回程途中，他在哈瓦那短暂停留，通过话语寻回了快乐、喜悦，重生者的坚定。

他发表了名为"魔灵的理论与游戏"（*Théorie et jeu du duende*）的演讲，这让他提前回到了西班牙。演讲激发了崇高的眩晕状态，这只能在弗拉明戈和斗牛艺术中才能看到。

回到祖国以后，加西亚·洛尔迦的创作成倍增加。他创作了许多剧本，其中包括《血的婚礼》（*Noces de sang*），它的胜利直达布宜诺斯艾利斯，并越来越明确了他的行动中解放性和社会性的一面。

1932年7月10日，一个古老的梦想变成了现实：他带领一个大众巡回剧团前往乡村，从一个村庄到另一个村庄，他们演出塞万提斯的幕间剧或洛佩·德·维加《羊泉村》（*Fuente ovejuna*）的革命性版本。

这就是著名的"巴拉卡"，这辆大篷车想要带来好运，慰藉心灵，转变意识，为我们的喜悦或高尚的失眠敲响警钟。

与所有思想顽固的人不同，这个难忘的、应该留存在人们的记忆里的"巴拉卡"，超越了谋杀和死亡，永远打开了通往费德里科·加西亚·洛尔迦的路。

米肖

[亨利]

不, 不, 不要获取。旅行使你贫穷。
这就是你需要的。

他曾经感知过这个世界吗?

他可曾感知过归属、亲情、血缘?

亨利·米肖于1899年5月24日意外诞生在那慕尔,一个瓦隆人的城市。对于这里,他始终心怀冷漠,就像对他度过童年和青少年的布鲁塞尔一样。

从一开始,生命就是他的负担,他必须全力奋斗、挣扎、反叛,而他从未向往过如此坚定、如此荣耀、如此令他投入的东西。

在他与事物之间,在他与他人之间,有一道深渊。

深渊里充溢着各种恐惧、心惊、叫喊、烦扰、狞笑、惊惧、失眠。

米肖不属于任何集团、帮派和文艺社团,他或许是畸零人中间最畸零的那一个,因为他始终是独自一人,被遗弃、被隔离、被排斥在外。

自愿被遗弃,自愿被隔离,自愿被排斥。

以至于他有时充当自己的审查官、自己的控诉人、自己的替罪羊。

因为他不愿听到别人谈论自己,他始终反对所有疑似的认可或成名。

所以,没有传记。总体来说。

"我的人生,"他总结道,"把它的马车拖进了水里。"

随后又补充道:"天生疲倦的人将会理解。"

然而,他并非一贯地逃避他人,他甚至结下了非凡的友谊,享有陪伴和情感,但他无论如何都不会拒绝对清醒头脑的需求,永远都不会拒绝远离人群,因为这是一种间隔,一种内心渴求的断裂。

他的才智如此敏锐，如此难以对付，这使他成为一个令人生畏的战略家。他躲闪、逃避、清野，他庆贺失败，他与众不同地支配着拒绝。

他的目光是一道戏谑的激光，直直切割了风尚。

一个对抗、实验和有内在认知的诗人，他不知休息为何物。

每个呼吸、每个幻象、每个回忆起的梦幻都需要花费如此多的气力，可他即使不情愿也屈服了，为了击退那些入侵者，也就是记者、评论家、注释者、大学生，以及天知道什么人。

他反抗进行界定、限制、局限、设定、定义和固定的一切。

在他听来，每次赞美都犹如挽歌。

他完完全全承受着无底的黑夜，沉默的愤怒，绝对的、细小的或可笑的创伤，反抗在记忆和内心翻滚。

记忆狂暴，内心惊骇。

如果说他的作品是宏大的，那是因为恐惧是巨大的，不是受益方而是被抛弃的一方。他用存在捍卫着这场令人不适的人类冒险。

在这里，作品出自反传统的先驱、多产的屠杀者。

出自持续不断的焦虑，暗中带着拯救者的失衡。

出自身份的边界，出自深渊，带着强烈的肆无忌惮，带着无懈可击的嘲讽，从偏离走向偏离，从差距走向陷阱。

在米肖身上，心智、身体、各种反应，都在不安中持续，或者，根据他描述自己时使用的新词，在"不平静"中持续。

《面对牢门》（*Face aux verrous*）和《角柱》（*Poteaux d'angle*）的作者颠覆了基础，抹杀了确定性，导致因果改变。

带到别处、更远处、近旁，他放逐思想，让每项决定都偏离中心，抛弃每个习惯，学着忘却，并且，他感到自己被剥夺了宗族、习俗、国家和宇宙，他从头至尾进行了重塑，他感觉自己受到了生活的欺骗，他紧紧抓住了生活，却深感厌恶。

最后，他在身无分文的人、疯子、隐士、原始人身上找到了黑暗和不确定，这些人即便不是同盟，也同属失去社会地位的群体，他们共同分享、承担乃至驱逐激增的外部威胁。

那么，亨利·米肖，归根结底，是不可救药的吗？

毫无疑问，他会认为这个词太过浮夸、太过戏剧化，他宁可无限地与之保持距离。

德斯诺斯

[罗贝尔]

梦想,同意去梦想
这是一天开始时的诗。

巴黎，第四区，阿道尔夫·亚当街，即昔日的旧灯笼街，奈瓦尔就是在此自缢的。（摄于）2001年。

他是运动的化身，是永恒的创造，是梦幻、话语、行动和爱的自由。

他是奇思妙想，是欢乐，是惊人的幻觉，是持续增长的即兴创作。

他是梦游者的话语、走钢丝者的话语、街头卖艺者的话语、催眠者的话语、幻想者的星形话语。

他在城市的门楣放了一颗海星，又在塞纳河岸边放了一条美人鱼。[12]

因为德斯诺斯，他就是巴黎。

是巴黎的心脏、腹地，也是巴黎的头脑和灵魂。

1900年7月4日，他在里夏尔-勒诺阿林荫大道出生，父亲是中央菜场的中间商，专营家禽和野味。

但他的整个童年都在圣梅里社区度过，那里的橱窗、货摊、棚屋、工地都是他的乐园。这里有做绳子的、做糖果的、卖蜡烛的，远处是一家给樱桃去蒂的商店，一家乳品店，更不要说"那些小作坊，铁屑自蓝色的火花中飞溅而来"……

年轻的罗尔贝先是在布列塔尼圣十字路上小学，后来又转到了档案路，初中则是在图尔沟路。他止步于初级文凭，于是父亲切断了他的生活来源，他跑去给一家药房当伙计，也翻译药品说明。

与此同时，他无秩序地读起了波德莱尔、雨果、流行小说、谈论"博诺帮"（La Bande à Bonnot）的专栏文章。他在最初四个区的选区范围内游荡，后来，他在那一连串的"那里有"，那一连串谈论他所有迷恋、激情和性格的文字中反复提起这些街区。

那里有大小商店的图像，与气球一同挂在门边的蹩脚画片，上面总是画着仙女的冒险，在歌剧院风格的宫殿里，人们穿着丝绸和天鹅绒，猜谜的图像，杂货店赠品的图像……

那里有许许多多的招贴画，它们在风雨的共同作用下慢慢渗入木栅栏里，透过栅栏上的伤疤，瞥见了这些如今业已消失的模糊的奇特领地[……]，它们层层叠叠，甚至避免了拳击手和汽车、连载小说和欢乐火车的预告之间的意外相遇……

那里有《美丽的图像》（*Belles Images*）、《青年星期四》（*Jeudi de la Jeunesse*）、《了不起》（*L'Épatant*）和《无所畏惧》（*L'Intrépide*）的聪明画家，G.Ri[13] 在那里探索了星球的金色腹地和璀璨的天空，路易·弗东通过"三个懒汉"，创造了新的三位一体。

那里有《尼克·卡特》（*Nick Carter*）、《布法罗·比尔》（*Buffalo Bill*）、《方托马斯》（*Fantômas*）的封面以及《小巴黎人》（*Petit Parisien*）和《小日报》（*Petit Journal*）配有插图的专刊。

那里有儒勒·凡尔纳、保罗·迪弗瓦的插图，这些插图慢慢脱离了疲惫的大部头和折断的书壳，开始有了自己的生命，充满了神秘感而德斯诺斯，他也将使自己摆脱一些毫无生气的言论、不良的习惯，开始"有了个人的生活，充满了神秘感"。

在十九岁的年纪，他发表了作品，发现了达达主义，进入了文学先锋的圈子，但两年的兵役——先是在上马恩省，后来又去了摩洛哥，使他远离了巴黎的喧嚣。

1922年，他一退伍就加入了超现实主义团体，并立即成为"清醒的梦者"中最多产、与探索"睡眠空间"的有限经验最天然相呼应的一员。在这些空间里，充满了幻梦、魔法、无耻的魅惑，即刻引发了毫无禁忌的分句法和自动写作的口语版。

按照安德烈·布勒东的说法，他虽不愿让位，但这个年轻人的影响力不容小觑。"超现实主义列入了议事日程，"他宣称，"而德斯诺斯便是它的先知。"

但显然，即便德斯诺斯起到了如此突出的作用，也不能保证他大有可为。德斯诺斯虽全面参与了超现实主义的杂志和宣言，他也并没有放弃写电影专栏、创作剧本，以及许多与媒体有关的大大小小的工作。

他和布勒东之间的误解和不快逐日增加，关于他们最终的决裂，普遍认为是由于性情不和：布勒东加入了共产党，而德斯诺斯拒绝参加；布勒东厌恶新闻媒体，德斯诺斯却认为媒体是即时表达的乐土；布勒东是超现实主义坚定的捍卫者，德斯诺斯则在任何情况下都是一个十足的自由思想家。

1929年，《超现实主义第二宣言》（*Second manifeste du surréalisme*）发表后，潜在的怒火转变为彻底的决裂。德斯诺斯被开除，他发表了一篇题为《一具死尸》（*Un cadavre*）的檄文，与他的朋友们——普莱维尔、格诺、莱里斯、巴塔耶、维特拉克一起进行反击。

这场风暴虽彻底，却始终囿于文学的圈子，从此，德斯诺斯可以割断下锚，随心所欲，获得更具个性、更加丰富和娴熟的笔调，不惧塑造梦寐以求的光彩。

他爱上了音乐厅著名的歌唱家伊沃娜·乔治，这绝对的、因为得不到回报而异常痛苦的爱，激发了他的灵感，他创作了纯粹的抒情诗《致一位神秘女子》(*À la mysté-rieuse*)，安托南·阿尔托立刻就被征服了，他在给让·波朗的信中道出了其中的独特性：

> [……]一种不可能的爱引起的情愫挖掘了世界的根基，使其脱离了自身，而人们会说，诗人为它赋予了生命。
>
> 一种难以满足的欲望引起的痛苦将所有爱情观念及其界限和纤维聚拢起来，并使之与时间和空间进行比对，从而感受到整个存在是确定的、受关注的。
>
> 这些诗比您读过的同类诗歌中最优美的作品，如波德莱尔或龙萨，还要优美。没有任何抽象的需要可以通过这些诗歌得到满足，在诗中，经年累月的生活，日常生活的每个细节都具备了空间的形态，带着某种未知的庄严[……]

读过或一再阅读《我曾如此长久地梦见你》(*J'ai tant rêvé de toi*)和《如果你知道》(*Si tu savais*)的人都会认同安托南·阿尔托对德斯诺斯深深的迷恋。正是通过这些作品，德斯诺斯找到了这种糅合了图像、幻想和热忱的风格、基调和转录话语的艺术，无论最日常的，还是最崇高的，仿若幻想浇灌了充满激情、无疑是有些色情的骚动的现实。

他的叙事作品《自由或爱情》（La Liberté ou l'Amour）也出自同样的炼金术，自然、闪亮，充满了神奇色彩，且相当轻佻，以至于审查制度并没有放过这个可笑的人，他们删去了一些有荒淫嫌疑的文字，并禁止几个段落出版。

他在追求一个无可救药的致命女人时创作的作品，无论是诗歌还是散文，都显示了诗人没有算计、不设防备、不作丝毫保留的个性。

事实上，德斯诺斯没有表现出任何内敛，无论是作为诗人还是情人，他都有实现超越的天赋和欲望。

1930年4月，伊沃娜·乔治因肺痨和过量服用鸦片与可卡因离世，享年33岁。德斯诺斯将悲痛埋在心中，但并没有放慢自己的步伐。

另一场爱情闪电击中了他，把他带到了藤田白雪身边。这一次，没有拒绝的阴霾，从此以后，白雪将陪伴他成为发明者，专注于新技术和新的传播手段。

他在报纸上写更多的专栏，也经常参与电影、歌剧和歌曲的创作，但他最主要的精力、他的独创性以及他最精彩的想象都用在了无线电上。

在这个领域，他是先锋，是开辟者，是赫兹的宣传者。

他在广播节目中进行了前所未有的尝试，颠覆了人们的听觉习惯，比如在巴黎广播电台播放《方托马斯的抱怨》（La Complainte de Fantômas），或者在卢森堡电台每日播放广告信息，令人惊讶不已。

作为无线电广播艺术的发起者，德斯诺斯始终为之沉醉和着迷，在欧洲法西斯主义崛起的那些年，他并非不知道这种大众传播手段将在政治宣传中起到多么大的作用。

所以，他比别人更早地意识到，以文化为武器来抵抗纳粹有多么必要。

自1933年开始,他预感到斗争将是漫长的,正面冲突不可避免。

他站在了西班牙共和主义者一边,加入了人民阵线,不停地谴责反犹太主义。

他到处痛斥一切屈从的想法和随之而来的懦弱,几乎被视为好战分子,而在当时,战争已经到了家门口。

1940年6月,法军溃败,他拒绝一切失败主义,表现出经得起任何考验的清醒和勇敢。

他继续发表专栏,出版书籍,但是要克服的障碍越来越多,受到的攻击越来越卑鄙,首当其冲的是路易-费迪南·塞利纳,说他是"犹太人之友、反法西斯主义者、精犹分子、丧家犬"。

1942年7月起,德斯诺斯加入了"行动"网络,为抵抗运动收集信息,制作假的身份证件。

他于1944年2月22日被捕,先是被囚禁在弗雷讷,后转移到贡比涅,然后是奥斯维辛、布横瓦尔德、弗洛森比尔格、弗勒阿,最后是波西米亚的泰雷津。

在漫漫铁路的尽头,是他的死亡。他于1945年6月8日离世,死于伤寒。

他的同伴中只有极少数人幸存下来,但他们无一例外地称颂他的精力、他的尊严、他对于最可憎之事的拒绝。

> 归根结底,需要自由的不是诗歌,他在占领时期写道,而是诗人。

---

12. 或指他钟爱过的两名女子,伊沃娜·乔治为"海星",藤田白雪(藤田嗣治之妻)为"美人鱼"。
13. 法国先锋科幻漫画家维克多·穆斯莱(Victor Mousselet)的笔名。——编者注

辛克美

[纳辛]

而美呢？我们的同志怎么看？
「……」他没有任何看法，这是自然。

我生于1902年，

再也没有回过家乡，

我不喜欢回归。

三岁在阿勒颇，是帕夏的孙子

十九岁成为莫斯科共产主义大学的学生

四十九岁在莫斯科，受到中央委员会的邀请

而四十年来，我成了诗人……

这首《自传》（*Autobiographie*）在1961年9月11日写于东柏林，简洁的开篇正是纳辛·辛克美的标志风格：高效又从容，讽刺又诚恳。

尤其是，人生的每个阶段呼啸而过，在讲完家庭出身以后，接踵而来的是政治选择、叛乱、监禁、逃亡、爱情、特权、痛苦的忠诚、怀旧，以及希望泯灭后的向往。

因为纳辛·辛克美的一生颠沛流离，四散飘零，就像一道乱七八糟的算术题，在判决、监禁、流放、驱逐之外，又添加了荣誉，被视为座上宾，溢美不绝。

从逮捕到判决，从大赦到监禁，他被判入狱五十六年，先后在伊斯坦布尔、安卡拉、昌克勒和布罗塞服刑，总共超过十年的时间。

与此同时，在喘息、缓刑或在逃的间隙，他获得了世界和平奖，环游世界，到处受到称颂和款待。

这些在监狱和宫殿之间的来来往往，归结为一句诗：我是一个房客，时而住监狱，时而住酒店……

辛克美善于平衡挫折与飨宴、笃定与遗憾之间的钟摆，包括指引和导向他的人生时采取的立场。

"站在安纳托利亚的农民，站在这些穷苦人一边，这很简单，"他说，"但成为共产主义者却没那么容易。"

这句"没那么"反复在《人文景观》（*Paysages humains*）和《谢赫·贝德雷丁·西马夫纳的史诗》（*L'Épopée du cheik Bédreddine Simavna*）中间回响，与《写给塔兰塔·巴布的书信》（*Lettres à Taranta-Babu*）相呼应，并萦绕在《本尼吉为什么要自杀》（*Pourquoi Benerdji s'est-il tué*）。

并非他的信念有丝毫的含糊之处，而是苏联的共产主义无法满足他本性中的"革命浪漫主义"。

几乎没有像他这样的党员，总是在暗夜的中心或最深沉的怀旧中梦想，总是要提炼一个不可能的护身符，对光明的人生满怀疑惑。

1963年6月13日，他在莫斯科去世，再也没有看一眼土耳其。在那里，他从十二岁开始就遭到了驱逐。

而他这个永恒的流亡者，却成为那片土地的代言人，那片他遭到剥夺而又如此想念的土地。

我的作品被印成了三十四种语言，我却被禁止使用自己的语言。

事实上，很少有诗人被迫害至此，却依然自动被视为那个时代最伟大的民族诗人。

纳辛的诗歌虽然被禁，却到处被吟诵和传唱。

它们为抵抗、挑战和骄傲提供了明亮的空间。

它们面向所有人：农民、牧羊人、码头工人、大学生、学者以及所有不识字的人。

一首既大众又创新的诗歌拥有了宏伟甚至神奇的命运，它摆脱了古典形式的束缚，懂得获取纯正的呼吸，呼出率真的气息，赋予史诗面包的味道，赋予爱情颂歌烈焰、预警和星光的炙热。

聂鲁达

[巴勃罗]

我不会死去。在这充溢着
火山的一天，我向着人群、向着生活
出发「……」。

1972年,当聂鲁达开始撰写回忆录的时候,他正处于荣誉的顶峰:一年前,他获得了诺贝尔文学奖,回到智利以后,人们在圣地亚哥国家体育场为他举行庆典,向他表示敬意。

他为这部尚未完成的著作取名为《我承认我曾历经沧桑》(*J'avoue que j'ai vécu*),但坦言说出这么一件显而易见的事,有一丝作弄人的狡黠。

事实上,诗人坦言说出的一切并没有表面看来那么平淡无奇,因为它试图解释生活的真相、生活曾经是什么,以及对于一个言行始终一致的诗人来说,生活意味着什么。

在六十八岁的年纪,聂鲁达深知他的生命之路留下了多么复杂的轨迹,在这条道路上,他的人生似乎受到一个残酷的节拍器的摆布,时而好到极点,时而又坏到极点。

1904年7月12日,母亲在智利利纳雷斯省帕拉尔生下他,一个半月后就患上肺结核,溘然离世。

父亲再婚,继母被他视为"守护天使",他在特木科度过忧郁的童年,在那里,"南半球的大雨如瀑布般倾盆而下"。

他用本名里卡尔多·内夫塔利·里卡多雷耶斯·巴索阿尔托发表了第一部作品,在去圣地亚哥前不久,他改用了巴勃罗·聂鲁达这个笔名。他在圣地亚哥住大学生公寓,参加工人抵抗警察的革命游行,那时,他十七岁。

"我的诗歌不可能对外面的世界关上大门。"他后来说道。正是从这里开始,政治,即便是断断续续的,也将成为他的人生和诗歌的一部分。

1923年,他卖了家具和父亲送的手表,自费出版了诗集《黄昏》(*Crépusculaire*)。

圣地亚哥-德·智利,巴勃罗·聂鲁达故居前,(摄于)1981年。
本作品是在贝拉维斯塔(Bella Vista,即"美丽别墅"之意)艺术工坊设计和印刷的丝印画。

第二年,《二十首情诗和一首绝望的歌》(*Vingt poèmes d'amour et une chanson désespérée*) 的出版坚定了他成为作家的志向,即便他已经成为外交官,而且这个职业即将带他走向仰光、马德里、科伦坡、巴达维亚、新加坡、布宜诺斯艾利斯、巴塞罗那,而在每一站,他都有重要的相遇。

在缅甸,在他创作《大地上的居所》(*Résidence sur la Terre*) 期间,他经历了一场暴风雨般的爱情,简直就像好莱坞电影。他的缅甸女友性情怪癖,聂鲁达回忆道:"正是她,一袭白衣,挥舞着长刀,那刀就像剃刀一样锋利,她围着我的床转了几个小时,也没有拿定主意杀我。"接到新的委任以后,他去了锡兰,成功地分了手,终于找回了安稳的睡眠。

在印度尼西亚,他和玛丽-安托瓦内特·哈根纳尔结了婚,那是爪哇的一个荷兰姑娘,他亲切地唤她"玛露卡"。

在阿根廷,1933年11月的一个夜晚,他和费德里科·加西亚·洛尔迦即兴创作了一首《向鲁文·达里奥致意的谈话》(*Hommage dialogué à Rubén Darío*),不仅开创了一种全新的演讲形式,也是一段极为默契的友谊的开始。《吉卜赛谣曲集》(*Romancero gitan*) 和《伊格纳西奥·桑切斯·梅希亚斯挽歌》(*Chant funèbre pour Ignacio Sánchez Mejías*) 的作者用最张扬的方式写道:"在斗牛艺术中,有一招闪避斗牛的技巧,当有两名斗牛士的时候,他们会共执一块布,成功躲开公牛的袭击。"

而这块布,聂鲁达自抵达西班牙以后,就不停地挥舞着它,面对佛朗哥的长枪党,他立刻选择与共和主义者站在一起。

他发表了《献给去世民兵母亲的歌谣》(*Chant aux mères des miliciens morts*),这是他的第一部政治长诗,被智利政府立刻解除了职务。

时局的动荡并没有阻止他坠入爱河，他爱上了阿根廷女画家卡瑞尔，后者成为他的第二任妻子。

在巴黎，他编写了一份刊物《捍卫西班牙人民的各国诗人》(*Les poètes du monde défendent le peuple espagnol*)，并和塞萨尔·巴列霍一起成立了西美组织(Groupe Hispano-Américain)，向西班牙提供援助。

回到智利以后，他四处传播《西班牙在我心中》(*L'Espagne au cœur*)，开始创作《漫歌》(*Chant général*)最初几个章节，这部作品将在历经十二年的重写和更改之后，成为他的杰作。

1939年，人民阵线的候选人在圣地亚哥当选智利总统，聂鲁达通过官方途径回到法国，他联系了一艘旧货轮——"维尼佩号"，组织两千名西班牙人移民到智利。

在墨西哥城任总领事期间，他创作的一些战斗作品被印成海报，贴在大街小巷的墙上，这让他大为惊讶。

1945年，他在塔拉帕卡和安托法加斯塔两个小省的选举中当选国会议员，虽然在选举活动中，他只是读诗。

聂鲁达加入了智利共产党，并为此受到了共和国总统加夫列尔·冈萨雷斯·魏地拉的迫害，虽然在魏地拉竞选总统的时候，聂鲁达给予了大力支持，但魏地拉很快就撕破了他们之间的同盟。

聂鲁达在《给百万人阅读的私密信》(*Lettre intime pour être lue par des millions d'hommes*)里，对此进行了严厉的谴责，因此，早在他的国会同僚做出判决之前，他就被指控"叛国"。

受到判决以后，他被迫转入地下，在随后一年的时间里不停地变换住所，直到1949年2月24日，他骑马穿过安第斯山脉，离开了他的祖国，随身只带了两瓶葡萄酒和《漫歌》最终版的手稿。

在流亡期间，聂鲁达先后去了苏联、波兰、匈牙利、印度，并和他的新女友玛蒂尔德·乌鲁提亚在卡普里岛住了几个月，与世隔绝。

拘捕令撤销后，聂鲁道回到了阔别已久的圣地亚哥，随后又出发前往法国、意大利、东欧诸国、中国、古巴，还创作了《武功歌》（*Chanson de geste*）来庆祝古巴革命。

在随后的一段时间里，他不停地出版作品，旅行，参加荣誉招待会，人们给了这个被放逐的诗人以"国民诗人"和"官方诗人"的地位。

但就像保罗·韦纳说的，历史总是"凶恶"的。历史又一次抓住了他，而他，又一次，不躲避，不退缩。

1969年，他支持萨尔瓦多·阿连德参选共和国总统，拱手奉上自己在民间的巨大声誉供他使用，于是，一切又重新启动：他被派往巴黎，担任了一年的智利驻法大使，又前往斯德哥尔摩接受诺贝尔文学奖，回国途中在纽约发表演讲，并在回到智利以后，参加了1973年的议会选举活动。

他呼吁拉美和欧洲知识分子避免内战，但并没能延迟9月份皮诺切特在美国人的支持下发动军事政变，阿连德在政变中遭到暗杀。

他在瓦尔帕莱索和圣地亚哥的两处住所被洗劫一空，他的藏书、艺术品和手稿饱受践踏。

巴勃罗·聂鲁达在9月23日离世，无疑是中毒身亡。

临终之际，他在日记中写道："我的一生集合了所有人生，这是一个诗人的所有人生。"

以及："或许我并没有活在自己的身躯里；或许我经历的是别人的人生。"

圣 地亚哥-德·智利，巴勃罗·聂鲁达故居前，（摄于）1981年。
本 作品是在贝拉维斯塔（Bella Vista，即"美丽别墅"之意）艺术工坊设计和印刷的丝印画。

夏尔

[勒内]

闪电延续了我的生命。

1907年6月14日至1988年2月19日：一个人的一生。

勒内·夏尔的一生贯穿了一个世纪的中心，对于这个世纪，他揭露了其间"鲜血淋淋的乌托邦"和数不胜数的弯路，对于这些，他从未放弃一丝的思考，一丝的斗争，一丝的诗歌。

只有当他站在远处，与那些虚荣、伟大和渺小隔离开来，他才找到了真正属于自己的空间。他是最活在当下的人，他懂得释放自己所有的瞬间，懂得利用拒绝的力量，来为他的内心开辟一片澄净的领地。

为何说他是最能代表那个时而卑劣时而迷人的时代的诗人？

难道在他身上从未有过一丝差错？

难道他从未抛弃魔镜的许诺，亦未放弃现实的馈赠，以及历史惨无人道地要求的什一税？……

坚忍，就是用纳喀索斯一样美丽的双眼凝视虚空。刽子手最终会在我们的每一寸肌肤上制造痛苦，我们已经清楚。然后带着一颗收紧的心，我们去了，去直接面对。

他在《伊普诺斯的书页》（*Feuillets d'Hypnos*）里写道，当时，他在沃克吕兹省领导抵抗运动，化名亚历山大上尉。

游击队员写下的这些书页在很长一段时间里统领着所有的理论概述和其他一些正统的论著：这是一本关于行动尊严的教科书，是对附加记忆和生存意愿的谦卑的记录，在任何情况下，都要不可被侵犯、永不屈服地活着。

在游击队面临紧急与危难时写下的这则信息，勒内·夏尔将在和平时期进行扩充，成功地实现了另一个奇迹：在天地之间百折不挠，时刻戒备，时刻警觉，总是愤怒得浑身颤抖……

「……」你出走得好，兰波！「……」你有理由放

弃懒人的林荫大道，狗屁诗人的小咖啡馆，走向牲

畜的地狱、狡猾者的商业，以及傻瓜的问候……

而你，勒内·夏尔，你做得很好，你回到你自己的领域，回到索尔格河喷涌的泉水和冯杜山翻滚的云层。

祝贺《彩画集》的作者加入阿比西尼亚的沙漠商队，我们明白这首诗是想要说明，真正的诗人不在纸上，而是要让他的先知能力直面世界的阴谋和人类的交易。

夏尔天生具有敏锐的观察力，这使得他洞悉所有的变化，倾听大自然中所有的闯入、所有的冒险、所有的契合共融。事物、元素、植物、动物，他本能地捕捉了所有信号，他的语言重现了简单的优雅，就好像他是某种无需听从众神的权威。

他懂得如何表现大地的呼吸，这呼吸萦绕着他的道路，直至结晶为一封情书，直至变成一首歌的旋律，直至达成最短暂的幸福。

或许阿尔贝·加缪，他的"太阳双子"，最能感受到这部作品里闪电般的强烈，如此宽广，又如此紧缩："勒内·夏尔是自兰波以来法国诗歌中最伟大的事件。"

如今，诗人在法国扬起了高歌，传递着人类最大的财富。

当我们谈论诗歌时，我们几乎是在谈论爱，这种强大的力量既不能被廉价的金钱所取代，亦不能被道德这种不幸的事物所取代。

热内

[让]

［……］当水手们看到港口远去，
那是我的沉睡者即将逃往另一个美洲。

布勒斯特码头仓库，2006年

一个人，出生不久便被父母抛弃，托付给公共救济院，后来被莫尔旺山区一个善良的细木工收养，去学徒中心学习印刷，但经常小偷小摸、离家出走。

一个人，十五岁在小罗盖特监狱里被关了三个月，后被送到一个农村教养所，逃跑，想要提前入伍，后来如愿进了部队。

一个人，二十岁在叙利亚任下士，在图勒当狙击手，在埃克斯-普罗旺斯当步兵，后来又开了小差，在西班牙、意大利、南斯拉夫、捷克斯洛伐克、奥地利、德国、波兰和法国的底层社会无休止地流浪。

一个人，经常在偷窃、非法交易和各种造假勾当中被抓现行，人们毫不留情地给他戴上了惯犯的帽子。

而这个人，在经历过这一切之后，为了高兴或出于诱惑，聚集了所有伤害、不适和怨恨，在弗雷纳一平方米的监狱里创作出了最华丽的法语长诗之一：《死刑犯》（*Condamné à mort*）。

就这样，他使用一种别样的方式，创作了一部自我剖析的传记，这部太像警察局笔录的传记，试图说明或者澄清他个人身上的谜团。

因为问题就摆在这儿：一个公认的不良少年，一个"惯犯"，如何能写出一部如此克制、如此和谐、完成度如此高的作品，况且，这一切还是偶然为之？

事实上，他是受到了狱友的刺激，当时他们在写一些俗气的感伤韵文，热内于是编排出一系列无可挑剔的亚历山大体诗歌，"给他们看看诗该怎么写"。

那是1942年，但在一个时年三十二岁、被视为惯偷的男人身上发现这种才华并非偶然，因为他并非没有文化，亦不乏艺术修养。

或许他不愿让狱友知道，他曾是莫尔旺阿里尼村唱诗班的一员，是全区最好的学生，毕业证上成绩优良；或许他不愿说，在收容所对他进行的无数次安置里，他曾被安排到盲人作曲家热内·德·比克塞侬家里学习诗歌和音乐；或许他认为没有任何理由在这种场合提起，他最爱的书是欧热的《语法》（*Grammaire*）。

和弗朗索瓦·维庸一样，人们发现他并没有被剥夺受教育的权利，也不乏机会接触精妙的语言，这是唯一不需要他去偷窃的财富，他只需去清点，本能地感受到其中的力量、魔力和飨宴。

借着《死刑犯》，热内这个没有师承的诗人，一下子便继承了诗歌的所有遗产，他将古典手法信手拈来，却是为了最大限度地歪曲所有美德、所有价值和所有法则。

在献给"一个如此美丽、令白天失色的杀手"的颂歌中时时体现的优雅，属于一个误入歧途的诗篇作者，笔调是庄严的却时有淫秽，字里行间散发出阴险的，颇具煽动性和破坏性的魅力。

即便最猥琐的诗句也带着一种西班牙贵族的端庄，杈杆儿的黑话也焕发出圣歌的光彩……

可是，当他说出"死刑犯的监狱是一所乏味的学校"时，热内预感到，他唯有在铁窗里才有创作的灵感，就仿佛这种把词汇和音韵微妙地融合的特殊创作形式是一种精密的杰作，犯人的创作是为了还愿。

事实令人困惑，但早有征兆，《鲜花圣母》（*Notre-Dame des Fleurs*）、《布雷斯特的争吵》（*Querelle de Brest*）和《走钢丝的人》（*Funambule*）的作者表示，写作是"背叛后的最后依靠"。

勒古夫朗斯大桥附近，布勒斯持，2006年

布勒斯特码头仓库，2006年；拼贴画创作八个月后拍摄的同一幅图片

背叛，于他而言，不再是时时刻刻与饱受谴责、降级的人，与罪犯为伍，而是痛苦地承受他的天赋带给他的机遇。

　　写作既是最后的依靠，也是一个诅咒：在他看来，这个有些懦弱的方式，让他不情愿地从困境脱身，却再也不能自称被诅咒的人。

　　自从他首次获得成功开始，这种矛盾就不断地折磨着他，而在当时，他的作品还只是在私下流传。

　　因为让·科克托鼎力相助，然后是让-保罗·萨特的支持，让他一跃而起：从1944至1952年这八年的时间里，他走出牢房，走到了塞巴斯蒂安-博坦路最热情的办公室，在那里，伽利玛刚刚出版了他的全集！

　　所有这些少不了马克·巴尔贝扎和他的刊物《弩》（*L'Arbalète*）一贯的支持，少不了路易·茹韦在阿特涅剧院上演他的剧本《女仆》（*Bonnes*），还有樊尚·奥利奥尔总统为他签发了特赦令，免除了他的所有刑罚。

　　如此多的关怀，甚至包括最权威的关怀，却让他陷入巨大的精神危机和数年的沉寂。

　　这一扇扇宽容地为他打开的门，热内再也不知如何关上，它们把他丢入了一个他私底下想要厌恶的社会。

　　不过，在朋友 —— 罗歇·布兰、彼得·布鲁克和让-路易·巴罗 —— 的陪伴下，他回归了剧院，先后推出了三部重要的剧本：《黑奴》（*Nègres*）、《阳台》（*Balcon*）和《屏风》（*Paravents*）。

　　从此，他成了著名剧作家。他五十岁了，没有住处，所有物品只是一个小箱子，陪他去往各个地方。

　　1964年3月12日，他的男友阿布达拉·邦塔加自杀身亡。他离开了法国，毁了所有手稿，放弃了文学。

　　在生命最后的二十年里，他积极为政治发声。

他参加反对越南战争的示威游行, 为移民劳工争取利益, 在美国声援"黑豹运动", 在约旦的巴勒斯坦难民营住了半年, 甚至为德国"红色旅"组织成员的著作写序, 他证明了, 尤其是向自己证明了, 他虽然已改道走上了其他的反抗领域, 但他依然没有与敌人勾结。

无论在哪个国家哪个地区, 这个敌人都掩盖在社会秩序下那些法定的、压迫性的、观念正统的装饰下面。

1986年4月15日, 他因喉癌在巴黎13区的杰克宾馆离世: 这正是他所谓的死在边缘。

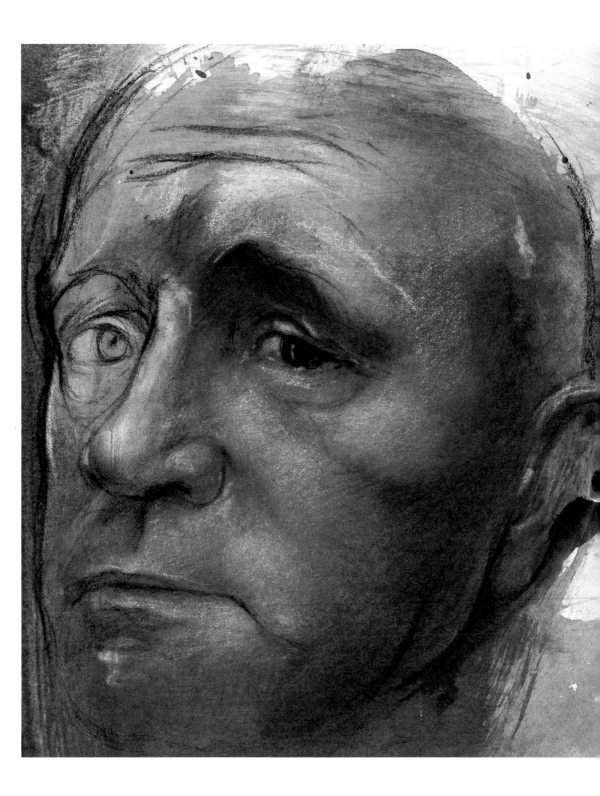

帕索里尼

[皮埃尔·保罗]

我们将被献给十字架，
在示众柱上，在闪烁着狂喜的
清澈瞳孔之间
讽刺地发现胸口的鲜血
滴落到双膝
温热，可笑，因智慧与苦难
而颤抖，在滚烫如铁的
心脏的跳动中，
见证丑闻。

罗马，2015年

那不勒斯，斯坎皮亚区

左：罗马，2015年
右：切塔尔多，1980年

奥斯蒂亚海滩，2015年，帕索里尼遇害地点附近

罗马，2015年

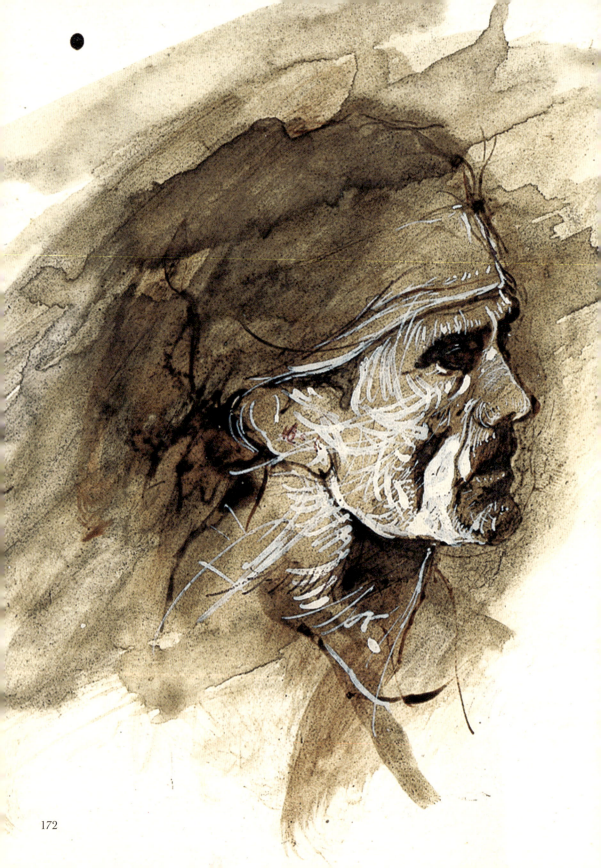

他证实了丑闻，他是丑闻的化身。

他经历了不可能的基督的激情。

他的电影暴露了他，也遮掩了他。

他想要用影像揭开词汇的面纱，自己却因为这些影像的意义发生转移而深陷其中。

他的真实，他与现实惨烈而痛苦的对抗，诗意的写作从小就将这一切赋予了他。

1922年3月5月，皮埃尔·保罗在博洛尼亚出生，母亲是小学教师，父亲是军官。小时候他们经常搬家，他随父亲的调动去往各地，从一所中学换到另一所中学，但始终成绩优异，爱好阅读，喜欢踢足球。

他在卡萨尔萨德拉德利齐亚度过了许多个夏天，这个弗留利的小镇在年轻人眼里是一个热情的庇护所，在犯错之前仍是世界的一部分，没有虚伪的羞耻心和罪恶感。

……我唱着歌，迈着惬意的步伐 / 我，你们曾经的小男孩……

他在那个时期写下了这样的句子，已经意识到自己即将与一段历史，与沉积的年月紧密相连，而他并不赞同进行反复的清除。

相反，即使他预感到这种幸福即将受到威胁，他依然保留了生活的优雅、感性和无忧无虑：

……你笑了，轻浮的男孩儿/因为身体里感受到/温热阴暗的大地/与凉爽明亮的天空……

然后是天真、惊讶的保证："……我与青春同在。"

而他将永远与青春同在，虽然这种维吉尔式的欢乐不能长久：在弗留利的生活突然被中断，欢乐猛然从他的生活中被抽走，被拒绝，被禁止。

1949年，他受控"腐化未成年人""道德败坏"，被革除教职，开除出党，遂而迁居到罗马市郊。

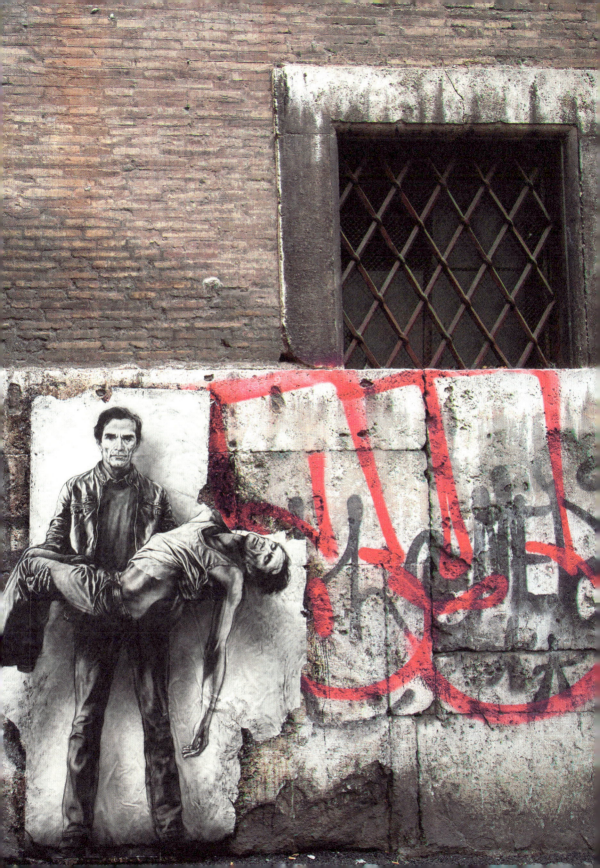

在二十八岁的年纪,他的生活调转了方向,色调变了,从此驶向了黑暗。

不过,他虽然遭受到别人异样的目光,但依然大有前途。他是一位才思敏捷的作家,一位才华横溢又令人扫兴的诗人,且很快就成为一名电影导演,饱受争议,备受宠爱,被猛然置于其他放映机过于盲目的灯光之下。

帕索里尼受到残酷命运的摆布,他很快就严格地、几乎是认命地追随生活的步伐,就仿佛他想成为那些必须超越宿命的悲剧英雄的兄弟,乃至情人。

他的追寻,从此融合了神秘主义与革命、美学与亵渎,不仅仅是一场暴力的游行,也是一条充满伤痕累累的信仰、遍布有计划的野蛮行径的道路。

受伤的记忆、悔恨、屈辱、冒犯、危险的漂泊,每每在他全力冲刺时,在他最高声地呐喊时,在他立场最坚定时,这一切都沉淀了他的声音,将绝望的全部重量压在了他的身上。

他是那个没有信仰的人,明确的无神论者,他为异教徒的终结哀悼,为后者的苦难赋予了基督殉难者的模样。

他发出了福音一般的劝诫:"红旗,重新被撕得粉碎,让最贫穷的人挥舞起来。"

他是那个如此有名、如此臭名昭著、如此诱人、如此无法归类的人,他因此而受到一切指控,不论是什么,包括1962年在罗马和那不勒斯之间的圣费利切-奇尔切奥持枪抢劫一个加油站,手枪里的子弹据说是黄金的。

他是那个反抗者,敢于在1968年5月站在无产阶级一边,对抗小资产阶级大学生。

他是那个阅读马克思和葛兰西的读者,极力称赞"过去的革命力量"。

他是那个享乐主义者，耽于肉欲，却颂扬苦修。

他是那个直觉灵敏的人，他早早看到斤斤计较、平庸乏味的商品社会将要获得全面胜利，占据人类的社会。

他是那个先知，他不无讽刺地指出，他如何在丰富的神话体系里发现了俄狄浦斯和美狄亚遭遇的无情对待，他也因同样的对待而饱受折磨。

> 「……」我用一只智慧的眼睛
>
> 看着滥用私刑的职员，就像在看一幅画。
>
> 我观察对我的屠杀，怀着
>
> 学者平静的勇气。我似乎
>
> 感受到了仇恨，却写下
>
> 充满爱意的诗句。「……」

1975年11月1日至2日夜间，他在奥斯蒂亚海滩被人可耻地杀害，凶手或许是一个无情而残忍的小喽啰，为了劫财，但或许且极有可能是法西斯力量甚至天主教民主党在背后指使。

疑点仍未解开，就像一个有毒的秘密，悄悄流传，备受争议。

因为皮埃尔·保罗总是不够顺从，他没有去往阴间，且并不打算对那个最坏的问题缄口不言："怀里抱着这样一具尸体，谁要为此付出代价呢？"

达尔维什

[马哈茂德]

「……」我们中间是谁
曾说过:"只要旅程继续,
我将忘却,让我的心
免除一切过错?"

巴勒斯坦雷马拉的集市，2009年

东耶路撒冷的隔离墙，2009年

雷马拉，2009年

比尔瓦是巴勒斯坦加利利地区的一个村庄，距离阿卡只有九公里远，如今，这座村庄已经从地图上消失。

1941年3月13日，马哈茂德·达尔维什在那里出生，在那里生活，直到1948年的那个夏夜，他不明白发生了什么，只是冒着枪弹，一路穿越森林，逃到黎巴嫩。

童年戛然而止，在漫长的流亡期间，在等待食物配给的日子里，没有任何空间可以容纳孩童的天真、无忧无虑和快乐。

"就是在那里，"达尔维什说道，"我第一次听到了这些词：祖国、战争、新闻、难民、军队、边境……它们为我打开了通往全新世界的窗。"

这些词汇需要毫无保留地被接纳，在必要时进行质疑，在可能时进行转化，因为当时的局势令人痛苦，造成了巨大的创伤，不仅令人厌恶，还将越发荒谬。

经过一年的流亡之后，达尔维什的父母决定不惜一切代价回到家乡。他们偷偷地回去了，却几乎认不出他们的家、他们的村子，因为一切都被夷为平地。

他们在德尔–阿萨德镇落脚，那里的人们给他们提供了保护，当以色列警察展开搜捕的时候，就说他们是来自北方贝都因的游牧部落。

"在黎巴嫩我是难民，可当我回到自己的祖国，我发现自己依然是难民，"达尔维什写道，"……经过这两种形式的难民，我发现，在自己的祖国流亡更像是异乡人。"

上小学时，小马哈茂德表现出惊人的天赋；巡回歌手在深夜散场前随口吟唱了一些流行史诗，他受到启发，学着创作了一些叙事诗，内容充满了丰功伟绩、奔跑的纯种马和美丽的女主角。

然而他很快就明白，于他而言，成为诗人不会是、且永远不是一个安全的选择。

十二岁时，他受到军政长官的传唤并受到威胁，因为他在课堂上朗诵了一首叙事诗，讲述他被迫离开比尔瓦时遭受的痛苦，缅怀他被剥夺的土地和青春。

"那天我明白了，诗歌远比我以为的要严肃，我必须决定是继续这个危险的游戏，还是就此放弃。"

事实上，并没有这样的选择摆在他面前，因为诗歌早已占据了主导地位。由于没有其他武器，达尔维什也就无法放弃诗歌，即使在1961至1970年期间，他因此五次入狱。

他为自己在语言的世界里找到了一个祖国，词语并没有给他一个临时的祖国，却给了他一个可以生存、爱、梦想和作为诗人进行战斗的空间。

因此，当他发表《橄榄叶》（*Rameaux d'olivier*）——一部公开的政治革命诗集时，他明白自己做到了，然而，这也是一把双刃剑。

一方面，在诗歌《铭记：我是阿拉伯人》（*Inscris : Je suis arabe*）里，他呼吁人们捍卫自己遭到否认的身份。他成了巴勒斯坦人的代言人，立刻闻名整个阿拉伯世界。

另一方面，他并非不知道，这种论战式的写作会受到意识形态的束缚和美学上的局限。

但是多年来，他努力克服这两者的冲突，他把集体斗争放在首位，通过忠诚和义务压制一切不确定、混乱，甚至是在他更加个人化的写作中开始流露的阴影。

《来自巴勒斯坦的情人》（*Un amant de Palestine*）、《黑夜的尽头》（*La Fin de la nuit*）、《加利利的小鸟奄奄一息》（*Les oiseaux meurent en Galilée*）和《我的情人从梦中醒来》（*Mon aimée sort de son sommeil*）让他成为当之无愧的"抵抗诗人"，他想要实现意识和尊严的飞跃，想要拒绝现有的不公。

1970年，他在共产党的媒体上发表了几篇被认为有煽动性的文章，他收到了海法驻地官员的传唤，第一次想要离开。

他得到了莫斯科的签证，在大学里注册了政治经济学课程，然后就消失了。

不久后，他现身开罗，得到了英雄的待遇：他三十岁了，生活在漂泊、危机、不解、荣誉和孤独之中。在埃及，以及后来在贝鲁特，他作为记者，更加接近日常的挑战、危险、讨论和争辩，但正是在这些年里，他也在诗歌方面打破了寂静。

他加入了巴勒斯坦解放组织，全身心投入到这项事业当中，但他并不希望自己的诗歌服从同样的命令，遵循同样的修辞，成为自身的囚徒。

他毫不犹豫地写下或说出他的读者或听众不愿读不愿听的话。要知道一名战斗诗人首先是一名诗人，他应该对形式进行检验，提出质疑，他应该丰富主题和参考文献，采用新颖的观点，乃至转换笔调和视野，让读者迷失方向。

他持续不断地进行政治斗争，痛苦、坚定、疲惫，但目标明确；与此同时，他在写作领域展开了另一场冒险，更加隐秘，更加晦涩，不断地驱逐繁复、常规和类同。

"我让我的诗歌经受了一种考验，"达尔维什说，"就是写出来以后，长时间地丢在一旁。当我重新拿起这些诗的时候，我的判断标准是，它们是否与我相像。如果我发现这些诗在模仿我，或者说我在创作的时候是在模仿自己，我就会把它们丢掉。

而有些作品，当我感觉它们很像另一个诗人的作品，一个比我高明的诗人，我会宣称这是全新的诗歌。"

如此严格的要求，是源自本体论的要求，1972年以来，他出版了一部又一部诗集，很容易就能发现其中的转变和创新。它们向史诗和抒情诗借用了各种形式，每一部作品都尤其独特，而无需遮掩当下的历史中常见的那些流血情节。

在以色列军队围困贝鲁特、驱逐巴勒斯坦人之后，达尔维什立刻记下了这一切。他称之为"纪实诗歌"，它们的意义远远超出了对1982年夏天的轰炸和屠杀进行的记录。《高大阴影颂》(*Éloge de l'ombre haute*)，这个标题一下子就引起了共鸣，它抒写由来已久的惨剧，以及卷土重来的逃难、杀戮和历险中处处可见的荒谬，这荒谬并非永恒，但它寓于人性，而且太过人性。

被逐出黎巴嫩以后，达尔维什先后在突尼斯、开罗、巴黎流亡。他是巴勒斯坦解放组织的代表、执行委员会委员，也是永不满足的诗人，孜孜不倦地追寻着，极力破解被遗弃者的信息以及被征服者岌岌可危的遗产。

而在他个人的神话里，他与特洛伊人作战，跟着巴布迪尔放弃了格拉纳达，向美洲印第安人发送烟雾弹。

作为巴勒斯坦诗人，他成功地创造了一个普遍的巴勒斯坦人的形象，他们的史诗、挽歌、沉思和爱情的庆典似乎属于每一个人。

1993年，奥斯陆协议的签订让他非常不满，他远离了战斗的圈子，但他身为大众符号的光环和身份并未有丝毫变动。

此后，他在被称为"耶路撒冷北大门"的拉姆安拉常居，从大马士革到卡萨布兰卡乃至全世界，他的诗歌朗诵会吸引了无数读者前来参加。2007年6月15日，哈马斯控制了加沙地带，让他最后一次离开了自己的家乡。

面对这场残酷的斗争和它引发的暴行，他表现出了一直以来的样子：清醒、勇敢、绝对的正直，诗人的话语与政治词汇中回响着同样的绝望。

"我们一定要从高处跌落，看到手上鲜血直流……才能明白我们不是天使……不是我们以为的样子？"

我们不知道这个可怕的现实对于一颗伤痕累累、长期以来处于缓刑的心灵产生了什么可怕的影响，但2008年8月9日在休斯敦进行的手术也无力挽救他的生命。

八年前，马哈茂德·达尔维什就曾把自己的离世想象成一次最终的流放，他一连三次表达了被剥夺的愿望。

> 即使我念不出墓碑上铭刻的我的名字，
>
> 我的名字属于我。
>
> 但是我，从此满怀
>
> 离开的理由，我，
>
> 我不属于我自己，
>
> 我不属于我自己，
>
> 我不属于我自己……

上：雷马拉集市，2009年
下：东耶路撒冷一栋在报复行动中被摧毁的房屋，2009年

作者埃内斯特·皮尼翁-埃内斯特在巴勒斯坦的拼贴装置，2009年

CITATIONS ET NOTES :

P. 12 - Gérard de Nerval, *Aurélia*, Gallimard, "Folio classique" n° 4243, 2005 (1855).

P. 18 - Gérard de Nerval, "El Desdichado", "Artémis", "Vers dorés", *Les Chimères*, Gallimard, "Poésie" n° 409, 2005 (1854). / Gérard de Nerval, lettre à Mme Alexandre Dumas, 9 novembre 1841.

P. 20 - Charles Baudelaire, "Au lecteur", *Les Fleurs du mal*, Gallimard, "Folioplus classiques" n° 17, 2004 (1857).

P. 23 - Charles Baudelaire, "L'Étranger", *Le Spleen de Paris*, Gallimard, "Poésie" n° 415, 2006 (1869).

P. 24 - Charles Baudelaire, "Le mauvais vitrier", *Le Spleen de Paris*, Gallimard, "Poésie" n° 415, 2006 (1869).

P. 26 - Paul Verlaine, "Ballade de la vie en rouge", *Parallèlement*, Gallimard, "Poésie" n° 132, 1992 (1889).

P. 29 - Paul Verlaine, "Chanson d'automne", *Poèmes saturniens*, Gallimard, "Folio" n° 5084, 2010 (1866). / Arthur Rimbaud, lettre à Georges Izambard, 25 août 1870.

P. 30 - Jean Cassou, article "Verlaine" in *Tableau de la littérature française*, de Madame de Staël à Rimbaud, Gallimard, 1974.

P. 32 - Arthur Rimbaud, "Lettres du Harar", in *L'Œuvre-vie*, Arléa, 1991.

P. 43 - Arthur Rimbaud, *Une saison en enfer*, Gallimard, "Foliothèque" n° 118, 2004 (1873).

P. 44 - Léon Valade, lettre à Émile Blémont, 5 octobre 1871. / Arthur Rimbaud, *Une saison en enfer*, op. cit.

P. 46 - Arthur Rimbaud, "Vagabonds", *Les Illuminations*, Gallimard, "Foliothèque" n° 118, 2004 (1873).

P. 48 - Guillaume Apollinaire, "La tzigane", *Alcools*, Gallimard, "Folio" n° 5546, 2013 (1913).

P. 51 - Guillaume Apollinaire, "Méditations esthétiques", in *Œuvres en prose complètes*, Gallimard, 1991 (1913).

P. 53 - Guillaume Apollinaire, "La jolie rousse", *Calligrammes*, Gallimard, 2014 (1918). / Guillaume Apollinaire, "L'ignorance", in *Poèmes à Lou*, Gallimard, "Poésie" n° 44, 1994.

P. 54 - Blaise Cendrars, "Tout autour aujourd'hui", in *Poésies complètes avec 41 poèmes inédits*, Denoël, 2005.

P. 60 - Miriam Cendrars, *Blaise Cendrars*, Balland, 1984.

P. 62 - Vladimir Maïakovski, "L'homme", *À pleine voix*, trad. Christian David, Gallimard, "Poésie" n° 414, 2005.

P. 65 - Bengt Jangfeldt, *La Vie en jeu*, Albin Michel, 2010, de même que les citations suivantes.

P.70 - Dernier message de Maïakovski, traduction inédite.

P. 72 - Paul Éluard, *Capitale de la douleur*, Gallimard, "Poésie" n° 1, 1994 (1926).

P. 77 - Paul Éluard, *Au rendez-vous allemand*, Les Éditions de Minuit, 2012 (1945).

P.80- Antonin Artaud, *Van Gogh. Le suicidé de la société*, Gallimard, 2001 (1947).

P. 87-88 - Antonin Artaud, *L'Ombilic des limbes*, précédé de *Correspondance avec Jacques Rivière*, Gallimard, 1994 (1956).

P. 92 - Aragon, "Il n'y a pas d'amour heureux", *La Diane française*, Seghers, "Poésie d'abord", 2006 (1946).

P. 96 - Lautréamont, *Les Chants de Maldoror*, suivi de *Poésies I et II*, LGF, 2001 (1938).

P. 97 - Aragon, *Une vague de rêves*, Seghers, 2006.

P. 98 - Federico García Lorca, entretien avec Juan Chabás, publié dans *Luz*, Madrid, 3 juillet 1934.

P. 104 - Cité par Jean Cassou dans sa préface à Federico García Lorca, *Poésies II*, Gallimard, 1966.

P. 106 - Federico García Lorca, "Double poème du lac Edem", *Le Poète à New York*, in *Poésies II*, Gallimard, 1968.

P. 108 - Henri Michaux, *Poteaux d'angle*, L'Herne, 1971.

P. 113 - Henri Michaux, "Tranches de savoir", *Face aux verrous*, Gallimard, "Poésie" n° 258, 1992 (1954).

P. 116 - Robert Desnos, "Désespoir du soleil", *Corps et biens*, Gallimard, "Foliothèque" n° 174, 2010 (1968).

P. 121 - Journal, 21 février 1944.

P. 122 - Robert Desnos, *Félix Labisse*, Séquana, 1945.

P. 123 - André Breton, *Journal littéraire*, 5 juillet 1924.

P. 125 - Antonin Artaud, "Lettre à Jean Paulhan", 17 avril 1926, in *Œuvres complètes*, t. I, Gallimard, 1979.

P. 127 - Journal, 1943.

P. 128 - Cité par Claude Roy en préface de *Il neige dans la nuit et autres poèmes*, trad. Guzine Dino et Munnevver Andac, Gallimard, "Poésie" n° 327, 1999.

P. 131-133 - Nâzim Hikmet, "Autobiographie", in *ibid*.

P. 134 - Pablo Neruda, "Je vais vivre", in *Chant général*, trad. Claude Couffon, Gallimard, "Poésie" n° 182, 1984.

P. 137-138 - Pablo Neruda, *J'avoue que j'ai vécu*, Gallimard, 1975.

P. 138 - Conférence donnée à Buenos Aires et publiée le 30 décembre 1934 dans le quotidien madrilène *El Sol*.

P. 140 - Pablo Neruda, *J'avoue que j'ai vécu, op. cit.*

P. 142 - René Char, "La bibliothèque est en jeu", in *Les Matinaux* suivi de *La parole en archipel*, Gallimard, "Poésie" n° 38, 1993 (1950).

P. 147 - René Char, "Feuillet d'Hypnos n° 4", in *Feuillets d'Hypnos*, Gallimard, "Folioplus classiques" n° 99, 2007 (1946).

P. 149 - René Char, "Tu as bien fait de partir, Arthur Rimbaud", in *Fureur et mystère*, Gallimard, "Foliothèque" n° 52, 1996 (1948). / Albert Camus, interview accordée au *Diário* de São Paulo, *Œuvres complètes*, t. III, Gallimard, "Bibliothèque de la Pléiade", 2008.

P. 150 et 155 - Jean Genet, *Le Condamné à mort*, Gallimard, "Poésie" n° 332, 1999 (1945).

P. 156 - Entretien avec Antoine Bourseiller, *in* Jean Genet, *L'Ennemi déclaré*, Gallimard, 1991.

P. 162 - Pier Paolo Pasolini, "La Crucifixion", in *Poésies 1943-1970*, trad. René de Ceccaty, Gallimard, 1990.

P. 173 et 176 - Pier Paolo Pasolini, *Poèmes de jeunesse*, trad. Nathalie Castagné, Gallimard, "Poésie" n° 293, 1995.

P. 177 - Pier Paolo Pasolini, "Poésie mondaine", in *Poésies 1943-1970, op. cit.* / Référence au dessin d'Ernest Pignon-Ernest et au livre *Dans la lumière déchirante de la mer, Pasolini assassiné*, Actes Sud, 2015.

P. 178 - Mahmoud Darwich, "Nous marchons sur le pont", in *La terre nous est étroite et autres poèmes*, trad. Elias Sanbar, Gallimard, "Poésie" n° 343, 2000.

P. 185-186 - Cité par Subhi Hadidi en postface à *La terre nous est étroite, op. cit.*

P. 187-188 - "Le lieu de l'universel", préface de l'auteur à *La terre nous est étroite, op. cit.*

P. 189 - Article publié dans le quotidien *Al-Ayyam* le 17 juin 2007. / Mahmoud Darwich, *Murale*, Actes Sud, 2003.

P. 193 - Paul Morand, préface *in* Blaise Cendrars, *Poésies complètes*, Gallimard, "Poésie" n° 17, 1993 (1967-1968).

生活真正的解密者，是诗人。

——保罗·莫朗

推荐阅读书单：

Ça cavale, oratorio-rock, Paroles d'aube, 1992.
Ouvrir le chant, Le Castor astral, 1994.
Zingaro suite équestre, Gallimard, 1998, et Folio n° 3385.
Ce n'est pas pour ce monde-ci, Tanguy Garric, 2001.
Transparente, Les Petits Classiques du grand pirate, 2001.
Un piaffer de plus dans l'inconnu, Del Arco, 2002.
Corps d'extase, Les Amis du livre contemporain, 2004.
Zingaro suite équestre suivi de *Un piaffer de plus dans l'inconnu*, Gallimard, 2005.
Extases, Gallimard, 2008.
Tant de soleils dans le sang, Alphabet de l'espace, 2008, et Gallimard, 2014.
Zingaro suite équestre et Autres poèmes pour Bartabas, Gallimard, 2012.
Oh Lady Day, Les Cahiers du museur, 2013.
Ernest Pignon-Ernest, monographie, Gallimard, 2014.
Le Tao du toreo, Actes Sud, 2014.
Pour l'amour de l'amour. Figures de l'extase, Gallimard, 2015.
Dans la lumière déchirante de la mer, Pasolini assassiné, avec Karin Espinosa, Actes Sud, 2015.

图书在版编目（CIP）数据

经历诗歌的人 / (法) 安德烈·维尔泰著 ; (法) 埃
内斯特·皮尼翁-埃内斯特绘 ; 李月敏译. -- 上海：上
海文化出版社, 2020.6
ISBN 978-7-5535-1980-7

Ⅰ. ①经… Ⅱ. ①安… ②埃… ③李… Ⅲ. ①诗人 –
传记 – 世界 – 图集 Ⅳ. ①K815.6-64

中国版本图书馆CIP数据核字(2020)第082677号

Originally published in France as:
Ceux de la poésie vécue by André Velter & Ernest Pignon-Ernest
© Actes Sud, France 2017
Current Chinese translation rights arranged through Divas International, Paris 巴黎迪法国际版权代理
(www.divas-books.com).
Simplified Chinese edition copyright © Shanghai Culture Publishing House, 2020
All rights reserved

图字：09-2018-106号

出 版 人　姜逸青
策　　划　小猫启蒙
责任编辑　王茗斐　任　战
装帧设计　王　伟
审　　校　陈小雨　黄　圣

书　　名　**经历诗歌的人**
作　　者　[法]安德烈·维尔泰 著 [法]埃内斯特·皮尼翁-埃内斯特 绘
译　　者　李月敏
出　　版　上海世纪出版集团　上海文化出版社
地　　址　上海市绍兴路7号　200020
发　　行　上海文艺出版社发行中心
　　　　　上海市绍兴路50号　200020　www.ewen.co
印　　刷　鸿博昊天科技有限公司
开　　本　787×1092 1/16
印　　张　12.25
版　　次　2020年6月第一版　2020年6月第一次印刷
书　　号　ISBN 978-7-5535-1980-7/I.780
定　　价　78.00元

敬告读者 本书如有质量问题请联系印刷厂质量科　电话010-87563888